KB040710

살아온 기적

살아갈 기적

장영희 에세이

살아온 기적 살아갈 기적

샘터

나, 비가 되고 싶어

사람에게 이름이 있듯 책에는 제목이 있다. 내 취미 중 하나가 인터넷 서점을 뒤지며 책 제목을 훑어보는 것이다. 어떤 신간이 나왔나 하는 호기심도 있지만, 나는 원래 책 제목에 관심이 많다. 제목은 가장 짧은 형태로 그 책을 요약하므로 일단 중요하고, 그리고 순전히 제목 때문에 책을 들춰 보는 일이 많기 때문이다. 그 관심은 내가 책을 내기 시작하면서부터 거의 집착에 가까워졌다.

지난 2000년에 나는 한동안 월간 〈샘터〉에 연재했던 글을 모아서

생전 처음으로 《내 생애 단 한 번》이라는 수필집을 냈다. 한데 당시에 사실은 제목을 정하지 못하여 출판이 석 달이나 연기됐었다. 첫 수필집이니 정말 멋진 제목을 갖고 싶었고, 그뿐인가, 책 제목이야말로 판매에 직결되니 노심초사, 출판사 측과 함께 머리를 짜내서 좋은 제목을 찾았지만 이거다 싶은 제목을 찾을 수 없었다. 보통 책에 수록된 글 제목이나 문장에서 그럴듯한 것을 제목으로 고르지만, 이 잡듯이 샅샅이 뒤져도 내 글에는 제목이 될 만큼 의미심장하면서도 재미있고 함축적인 말이 없었다.

더 이상 제목 때문에 출판을 연기할 수 없어서 당시 출판사의 편집 팀이 내놓은 제목 중에 그나마 제일 낫다 싶어 선택한 책 제목이 바로 '내 생애 단 한 번'이다. 책방에 가면 아직도 스테디셀러 섹션에 꽂혀 있고 최근까지 50쇄 가까이 찍은 것을 보면 그 책은 그래도 처녀작치고는 '대박'을 터뜨린 셈이다. 첫 책이라서 특별히 더 애착이 가는 책이지만 그래도 나는 아직도 '내 생애 단 한 번'이라는 제목이 마음에 들지 않는다.

너무 신파조일 뿐 아니라 지나치게 악착같고 필사적으로 들리기도 하고, 또 문법적으로 비문이라고 하는 이들도 있다. (사실 '내 생에 단 한 번', '내 생의 단 한 번' 등으로 잘못 말하는 사람들이 태반이다.) 또 어떤 사람들은 내 앞에서 '내 생애, 내 생애 단 한 번만이라도 당신을~'이라는 노래를 불러 젖히며 그 노래에서 제목을 따왔느냐고 묻는 이도 있다.

이후 2004년에 나는 다시 《문학의 숲을 거닐다》라는 책을 냈다. 그때도 야심차게 제목을 찾았지만 결과는 이렇게 아주 평이하고 재미없는 제목으로 낙착되었다. 당시 '문학의 숲, 고전의 바다'라는 제목으로 일간지에 나갔던 칼럼들을 모았기 때문에 독자들에게 익숙한 제목을 유지하는 것이 좋다는 이유 때문이었다. 나는 적어도 '문학의 숲에서 사랑을 만나다'라는, 무언가 조금이라도 극적인 제목을 주장했지만, 무난한 제목이 오래간다는 주위의 권고에 못 이겨 그냥 단순히 '문학의 숲을 거닐다'가 되었다.

비단 이 두 권의 책뿐만 아니라 다른 출판사에서 다른 책들을 낼 때도 나는 번번이 제목 때문에 골머리를 앓는다. 다른 사람들은 참 멋진 제목들을 잘도 찾아내는데 난 너무 평범하거나 별로 인상적이지 못한 제목들만 내면서 늘 아쉬워서 '다음번엔 꼭'이라고 다짐한다.

하지만 다음번이라고 뾰족한 수가 있을 리 없다. 《내 생애 단 한 번》이후 〈샘터〉에 연재했던 글들을 모아 두 번째 수필집을 내면서 난 다시 제목 고민에 빠졌다. 이번에는 기필코 이제껏 내 한을 풀어줄, 그 누구도 생각지 못한 멋들어진 제목을 생각해 내야지, 고민한

지 벌써 한 달이 넘었다. 출판사가 제시한 여남은 개의 후보들 중에 네 개로 압축하고 누구를 만나든 물어보는데, 신기하게도 사람들마다 너무나 반응이 달라서 마음을 결정하기가 어려운 것이다.

네 개의 후보를 소개하자면, 첫째 '새벽 창가에서'이다. 〈샘터〉에 연재한 칼럼의 제목이므로 당연히 대두된 제목이다. 둘째는 '살아온 날의 기적, 살아갈 날의 기적'이다. 내가 쓴 글 제목인데 사실은 김종삼 시인의 시에서 따온 것이다. 셋째는 '영희야, 뼈만 추리면 산단다'이다. 이것은 '내게 힘이 되는 말'이라는 주제로 쓴 글로, 우리 어머니의 말씀을 그대로 옮긴 것이다. (토를 달자면, 분명 사람들이 강렬하게 기억하는 제목이라서 잘 팔리는 책이 될 거라고 샘터 사장님이 '강추'하는 제목이다.) 마지막 후보는 '나는 내게 동의한다'로서, 내 글 어디엔가 나오는 말이다.

하나씩 짚어 가자면, 우선 '새벽 창가에서'는 우아하고 고상하다. 어슴푸레 밝아 오는 창밖을 바라보고 오늘 하루의 계획을 정리하며 커피 한 잔을 마시는 여교수 ─ 내가 나에 관해 온 세상에 전파하고 싶은 바로 그 이미지이다. 이 제목을 말할 때마다 사람들은 "아, 멋진 제목인데요"라고 말한다. 한데 내가 쓴 책의 제목 후보라고 하면 사람들은 "선생님 책 제목으로요? 그럼 아닌데요!"라고 머리를 흔든다. 즉 그런 우아하고 고상한 이미지는 나와 어울리지 않는다는 말이다. 따지고 보면 썩 기분 좋은 일은 아니지만, 나도 동의하는 바이니 할

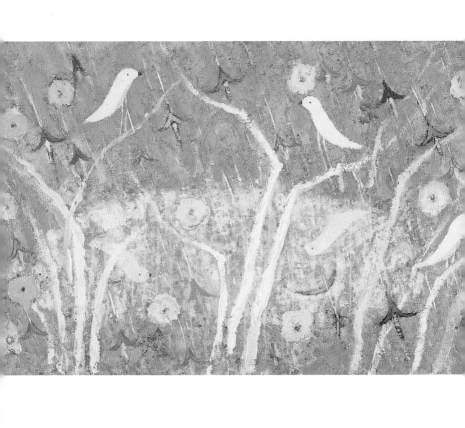

수 없다. 새벽 창가에서 아련한 시선으로 밖을 내다보며 향긋한 커피를 마시는 우아한 나를 나도 상상할 수 없기 때문이다.

둘째 '살아온 날의 기적, 살아갈 날의 기적'도 아주 멋진 제목이다. 아마 내가 투병 생활을 끝내고 2007년 1월에 〈샘터〉로 복귀하면서 쓴 첫 번째 글이었던 것 같다. 고통 속에서 하루하루 살아 낸 내가 너무나 기특하고 대견해서 다른 게 기적이 아니고 바로 그게 기적이다…… 이런 흐름의 글이었다. 그런데 지금 새삼 생각하면 난 다시 그런 기적 같은 삶을 살기가 싫다. 기적이 아닌, 정말 눈곱만큼도 기적의 기미가 없는, 절대 기적일 수 없는 완벽하게 예측 가능하고 평범한 삶을 살고 싶다. 그런 의미에서 이 제목도 불합격이다.

그렇다면 세 번째, '영희야, 뼈만 추리면 산단다'는 어떨까. 우선 너무 튄다. 물론 투박한 이미지로 희망을 말하는 어머니의 따뜻한 목소리가 배어 있기는 하지만, 새벽 창가에 서서 우아하게 차를 마시는 여교수의 이미지는 아니더라도 '뼈(다귀)'의 이미지는 좀 너무 엽기적이다. 게다가 또 문제는, 내 책에 삽화를 그리기로 한 정일 화백의 화풍이다. 화랑계의 '어린 왕자'라고 정평이 나 있을 정도로 정 화백의 그림은 서정적이고 순수하고 아름답다. 그런데 이 제목을 택할 경우 새나 피아노, 천사 등을 그리는 정 화백이 표지에 뼈다귀를 그려야 하는데, 그건 차마 청하지 못할 일이다.

그럼 네 번째, '나는 내게 동의한다'만 남는다. 이것도 썩 내키지 않는다. 너무 무뚝뚝하고 선언적이다. 물론 내 글이 전반적으로 투박하고 솔직한 경향이 있긴 하지만 그래도 명색이 수필집인데 제목이 너무 '수필집스럽지' 못하다. 그리고 물론 나는 나니까 내게 늘 동의하는 경향이 있는 것은 사실이지만, 그래도 그렇게 입 밖으로 내는 걸 사람들은 이기적이고 잘난 척한다고 생각할지도 모른다.

고민에 고민을 거듭하다가 위의 내용을 어디엔가 글로 쓴 적이 있다. 많은 독자들이 답을 해왔는데 그중 청송감호소의 수인囚人 박근좌 씨의 편지가 기억에 남는다. '나, 비가 되고 싶다' — 그가 추천한 제목이었다. 그 이유는 첫째, '훨훨 날아다니는 나비가 되어 자유를 만끽하며 내가 말하고 싶은 소식을 전할 수 있다'였다. 수인으로 살면서 바깥세상을 그린 결과일 것이다. 두 번째, '나비효과처럼 내가 전파하는 메시지를 사람들에게 효율적으로 전할 수 있다'는 것이다. 그리고 세 번째, '봄비처럼 온 세상을 촉촉이 적실 수 있다'는 것이었다. 참으로 사려 깊고 이미지도 좋은 제목이다. 하지만 내가 모든 사람들과 나누고 싶은 메시지는 그렇게 위대하지도, 추상적이지도 않다.

그래서 나는 '살아온 기적 살아갈 기적'을 제목으로 정했다. 생각해 보니 나는 지금 더도 말고 덜도 말고 기적을 원한다. 암에 걸리면 죽을 확률이 더 크고, 확률에 위배되는 것은 '기적'이기 때문이다.

이 책에 수록된 글들은 2000년《내 생애 단 한 번》출간 이후 월간 〈샘터〉에 연재되었던 것들이다. 1년은 미국에서 안식년을 지내면서 한 경험이고, 나머지는 투병 중에 쉬었다가 일상생활로 복귀하면서 연재를 재개했을 때, 그리고 다시 연구년을 맞아 미국행을 포기하고 한국에 머물게 되었을 때의 일들이다. 그리고 또다시 투병 중에 이 책을 내게 되었다.

그래서 '나, 비가 되고 싶다'를 제목으로 추천한 독자처럼 나의 독자들과 삶의 기적을 나누고 싶다. 우리가 살아가는 하루하루가 기적이고, 나는 지금 내 생활에서 그것이 진정 기적이라는 것을 잘 안다. 그래서 난 이 책이 오롯이 기적의 책이 되었으면 한다.

차례

1...

오래전 나는 정말 뼈아프게 '다시 시작하기'의 교훈을 배웠고,
그 경험은 내 인생의 가장 소중한 기억 중 하나이다.
나는 그 경험을 통해서 절망과 희망은 늘 가까이에 있다는 것,
넘어져서 주저앉기보다는
차라리 다시 일어나 걷는 것이 편하다는 것을 배웠다.

다시 시작하기

오늘 들어온 이메일 목록 중 '다시 시작합니다'라는 제목이 눈에 띄었다. 어디에선가 내 글을 읽고 가끔씩 소식을 주는 고등학생 기준이의 메시지였다. 원하던 대학에 불합격해서 내년을 기약하고 다시 시작하기로 했고, "그런 저의 결정이 올바른 것이기를 기도합니다. 선생님 격려해 주십시오"라고 적고 있었다. 비장한 각오이지만 어쩐지 자신 없고 슬프게 들렸다. 나는 "잘 결정했군요. 나중에 후회하지 않도록 다시 시작해 보세요. 오히려 좋은 기회로 삼으세요"라고 짤막한 답을 적어 보냈다. 그러나 사실 지금 기준이에게 그런 메시지는 그저 듣기 좋으라고 하는 립서비스로만 들릴지도 모른다. 아니, 어쩌면 다시 시작할 의도도, 필요도 없는 사람의 여유 있는 호기로 생각할지도 모른다.

하지만 오래전 나는 정말 뼈아프게 '다시 시작하기'의 교훈을 배웠고, 그 경험은 내 인생의 가장 소중한 기억 중 하나이다.

1984년 여름 뉴욕주의 주도州都 올버니에 있는 뉴욕 주립대학교에서 6년째 유학 생활을 하던 나는 학위 논문을 거의 마무리 짓고 심사만 남겨 놓은 채 행복한 귀국을 꿈꾸고 있었다. 지도교수 거버 박사가 워낙 깐깐하고 정확한 분인 데다가 논문 주제가 '물리적 세계와 개념 세계 사이의 자아 여행'이라는 너무나 추상적인 것이어서, 2년간 그야말로 각고의 노력을 기울인 끝에 어느 정도 만족스러운 논문을 완성할 수 있었다.

그런데 심사를 얼마 안 남기고, 당시 LA에 살던 언니가 아프다는 소식이 왔다. 나는 어차피 곧 떠날 것이므로 차제에 기숙사 방을 비우고 LA로 가서 언니와 함께 있기로 했다. 짐을 가볍게 하기 위해 그동안 책상 위에 높이 쌓였던 논문 초고들을 과감하게 다 버리고(당시만 해도 워드프로세서가 시작 단계였고 기계치인 나는 모든 작업을 전동 타자기로 해결했다), 내 전 재산 — 옷 몇 벌, 책 몇십 권 그리고 논문 최종본 — 을 모조리 트렁크 하나에 집어넣었다. LA에서 마지막 원고 수정을 한 후 논문 심사 날짜에 맞춰 돌아올 셈이었다.

그러나 내가 LA에 도착하자마자 언니는 한국에 가서 쉬었다 오기로 결정하고 서울로 떠났고, 같은 날 나는 다시 뉴욕행 비행기를 탔다. 케네디 공항까지 마중 나와 준 친구는 올버니로 가기 전에 차나 한잔하자며 나를 그리니치빌리지에 있는 자기 집으로 데려갔다. 그 친구 집에 들어가서 10분쯤 지났을까, 막 커피를 마시려는데 열 살 짜리 친구 딸이 들어와 도둑이 차 트렁크를 열고 내 짐 꾸러미를 몽땅 훔쳐 달아났다고 전했다.

내 논문, 내 논문……. 나는 그 자리에서 기절했다.

어떻게 올버니로 돌아왔는지 기억이 없다. 친구가 함께 와준다는 것을 뿌리치고 깜깜한 밤에 기차를 타고 어찌어찌 기숙사로 돌아와서 방문을 잠갔다. 전화도 받지 않고, 아무것도 먹지 않은 채 꼬박 사흘 밤낮을 지냈다. 두꺼운 비닐 커튼은 내가 닫고 간 그대로였고, 8월 중순이었으니 무척이나 더웠을 텐데 더위나 배고픔을 느낄 기력도 없이 그냥 넋이 나간 채 침대에 누워 있었다.

그 무거운 책가방을 메고 목발을 짚고 눈비를 맞으며 힘겹게 도서관에 다니던 일, 엉덩이에 종기가 날 정도로 꼼짝 않고 책을 읽으며 지새웠던 밤들이 너무나 허무해 죽고 싶었다. 무엇보다 사랑하는 가족을 떠나 외롭고 힘들어도 논문을 끝내고 한국으로 돌아가는 일만을 희망으로 삼고 살아왔는데, 이제 모든 것이 수포로 돌아간 셈이었다.

닷새째쯤 되는 날 아침, 눈을 뜨니 커튼 사이로 한 줄기 햇살이 스며들어 어두침침한 벽에 가느다란 선을 긋고 있었다. 그런데 문득 이상한 호기심이 일었다. 잃어버린 논문과는 상관없이 사람이 닷새 동안 먹지 않고 누워 있으면 어떤 모습이 되는지, 지금의 내가 어떤 모습을 하고 있는지 궁금해졌다. 어지러움을 참고 일어나 침대 발치에 있는 거울을 보았다. 헝클어진 머리에 창백한 유령 같은 모습이 나타났다. 가만히 내 눈을 들여다보았다. 그런데 참으로 신기하게도 내 속 깊숙이에서 어떤 목소리가 속삭이는 것이었다.

'괜찮아. 다시 시작하면 되잖아. 다시 시작할 수 있어. 기껏해야 논문인데 뭐. 그래, 살아 있잖아……. 논문 따위쯤이야.'

선택의 여지가 없어져 본능적으로 자기방어를 하고 있는 것인지도 몰랐다. 그러나 그것은 분명 절체절명의 막다른 골목에 선 필사적 몸부림이 아니었다. 조용하고 평화롭게 있는 그대로를 받아들이고 일어서는 순명順命의 느낌, 아니, 예고 없는 순간에 절망이 왔듯이 예고 없이 찾아와서 다시 속삭여 주는 희망의 목소리였다.

나는 이제 지구상에 내게 남은 단 한 가지 소유물인 내 손가방을 뒤져 보았다. 껌 두 개, 조카에게 주려고 LA 공항에서 샀던 레이커스 농구팀 티셔츠, 체크북 그리고 손지갑 속에 든 20달러 한 장이 전부였다. 우선 샤워를 하고 레이커스 티셔츠로 갈아입은 다음 캠퍼스 스낵바에 가서 닭튀김을 한 열 조각쯤, 거의 토할 지경까지 먹었다. 그러고 나서 논문 지도교수인 거버 박사를 찾아갔다.

미리 연락드려 사정을 알고 있었던 거버 박사는 두 팔 벌려 반갑게 맞아 주셨다.

"오늘쯤 올 줄 알았다. 아닌 게 아니라 웨스트브룩 박사와 함께 점심을 먹으며 영희는 그대로 주저앉을 사람이 아니라고, 곧 올 거라고 얘기했었지. 넌 뭐든 극복하는 사람이니(You're a survivor). 이제 경험이 많으니까 더 좋은 논문을 쓸 수 있을 거야."

거버 박사는 올버니로 오는 기차 안에서 울다가 잃어버린 콘택트렌즈를 새로 사라고 100달러를 주셨다.

거버 박사의 주선으로 과에서는 다시 강사 자리를 주었고, 도서관에서는 잃어버린 몇십 권의 책 반납을 면제해 주었다. 그리고 그로부터 정확히 1년 후 나는 다시 논문을 끝냈다.

15년이 흐른 지금 생각해도 여전히 가슴이 내려앉을 정도로 힘든 경험이었다. 그러나 그 경험을 통해서 나는 절망과 희망은 늘 가까이에 있다는 것, 넘어져서 주저앉기보다는 차라리 다시 일어나 걷는 것이 편하다는 것을 배웠다.

그렇게 우여곡절 끝에 끝낸 내 논문은 이제 반짝거리는 젊은 학자들의 논문에 비하면 내놓을 만한 것이 못 될지 모르지만, 맨 첫 페이지만큼은 누가 뭐래도 자랑스럽다. 헌사에서 나는 '내게 생명을 주신 사랑하는 나의 부모님께 이 논문을 바칩니다. 그리고 내 논문 원고를 훔쳐 가서 내게 삶에서 가장 중요한 교훈 ─ 다시 시작하는 법을 가르쳐 준 도둑에게 감사합니다'라고 적었다.

누군가 지금 기준이처럼 불합격과 실패의 좌절을 안고 다시 시작하면서 슬퍼하는 사람이 있다면, 도둑에게 헌정한 내 논문을 보여 주면서 "인생이 짧다지만 '다시 시작하는 법'을 배우기 위해 1년은 충분히 투자할 가치가 있습니다"라고 말해 주고 싶다.

'미리' 갚아요

초등학교 4학년 때인가, 미술 시간에 마분지에 창호지를 붙여 상자를 만드는 공작을 한 적이 있었다. 원래 손끝이 무딘 나는 마분지에 창호지를 붙이느라 온 데다 풀 범벅을 하고 있는데, 짝은 선생님이 다가오시자 갑자기 말끔하게 창호지가 붙은 마분지를 책상 밑에서 꺼내며 말했다.

"선생님, 저는 미리 집에서 다 해왔어요."

이로 인해 내가 선생님께 야단을 맞거나 기억할 만한 사건이 벌어진 건 아니었지만, 나는 아직도 그때 짝의 말을 토씨 하나 틀리지 않고 기억한다. 그 '미리'라는 단어가 주는 평안함, 당당함, 우아함에 압도당했기 때문이다.

그도 그럴 것이, 나는 천성적으로 무슨 일이든 '미리' 하는 법이 없다(태어날 때조차 예정일보다 보름쯤 늦게 나왔다고 한다). 학교 다닐 때는 숙제는 으레 바로 전날 밤늦게 하는 것으로 알았고, 무슨 시험이든 한 번도 미리 준비하는 일 없이 순전히 벼락공부로 때웠다. 요새도 수업 준비를 미리 해두는 일은 없고 기껏해야 바로 전날 하거나 아니면 당일 아침에 화장실에까지 책을 들고 들어간다. 원고도 이제껏 한 번도 마감에 맞춰 끝내 본 적이 없으며, 학교에서 성적 제출을 할 때도 학적과에서 몇 번 독촉 전화를 받고 나서야 슬슬 합산을 시작한다.

이렇게 무슨 일이든 마지막 순간에 다급하게 하니 아슬아슬하게 마치고 나면 약간의 스릴감이 있는 것은 사실이다. 하지만 언제나 '시간이 좀 더 있었으면 더 잘할 수 있었을 텐데' 하는 아쉬움이 남게 마련이다. 그러니 내 삶은 '미리'라는 단어가 주는 안도감, 평온함과는 거리가 멀고, 언제나 '하루만 더, 아니 몇 시간만 더, 아니 한 시간만 더……'라는 안타까움으로 가득 차 있다.

그렇다고 때가 되면 언제든지 순발력을 발휘해서 눈 깜짝할 새 잘할 수 있다는 자신감이 있다거나 '까짓, 잘 못하면 어때' 하는 배짱이 있는 것도 아니다. 실제로 하지는 않으면서도 내내 불편하고 놀면서도 마음 한구석이 무겁다. 가까스로 시간에 맞춰 아슬아슬하게 일을 하고 나면 다음번엔 꼭 미리 해야지 다짐하지만 그게 생각처럼 안 된다.

나의 고질적 '미루기 신드롬'의 원인을 분석해 보면, 우선 천성적으로 부지런하지 못하고, 딴에는 마감일 전에 나름대로 시간을 더 갖고 좀 더 잘해 보려고 하다가 어느덧 다급한 상황이 닥치는 것이다. 그런데 그보다 더 근본적인 문제를 따져 보면, 그것은 무엇보다도 일종의 오기가 아닌가 싶다. 시간이여, 흘러가 봐라, 어디 내가 꿈쩍하나 보라지, 장영희도 오기가 있다 — 참으로 우스꽝스럽고 어리석은 오기인 줄은 알지만, 삶의 횡포에 주눅 들어 사느라 오기 부릴 데가 없으니 괜히 만만한 시간에게 오기 부리다 망하는 꼴이다.

지금 나는 아직 마감 일자가 일주일도 더 남았는데 미리(!) 이 글을 쓰고 있다. 학교에서 주는 안식년을 맞아 곧 미국으로 떠나기 때문에 미리 원고를 써놓고 가려는 것이다. 그런데 내 생애 처음으로 마감일을 일주일이나 남기고 글을 쓰다 보니 마치 쓸데없는 일을 하고 있는 것 같은 낯설고 어색한 느낌이다. 이렇게 미리 쓰면 절대로 안 될 것 같은 위기감까지 든다.

그러니 '미리'라는 단어 자체가 나와 전혀 인연이 없는 셈이지만, 얼마 전 나는 아무런 부지런함도, 오기도, 마감도 필요 없는 아주 특별한 '미리'를 보았다. 캐서린 하이드라는 작가의 실화를 각색한 '미리 갚아요(Pay It Forward)'라는 제목의 미국 영화에서다.

캐서린 하이드가 몰고 가던 트럭에 갑자기 불이 붙자 어디선가 건장한 남자 두 명이 도와주기 위해 뛰어온다. 하지만 당황한 하이드는 본능적으로 그들이 자신을 해치려는 줄 알고 오지 말라고 소리친다. 하지만 두 남자는 위험을 무릅쓰고 불을 꺼주었고, 그녀가 상황을 파악했을 때는 이미 그들이 가버린 후였다. 결국 그녀는 감사하다는 말조차 제대로 하지 못했고, 그 일을 생각할 때마다 죄의식을 느낄 정도로 미안하기 이를 데 없었다.

생각 끝에 그녀는 이제부터 은혜를 '미리' 갚기로 했다. 즉, 이미 입은 친절에 대해 빚을 갚을 수 없다면, 앞으로 살아가며 입을 은혜에 대한 감사와 보답을 미리 행하기로 한 것이다. 그래서 그녀는 모르는 사람들에게 작은 친절과 도움을 베풀기 시작하고, 이를 내용으로《미리 갚아요》라는 소설을 쓴다.

영화 속에서 이 소설을 읽은 한 소년은 '이 세상을 조금이라도 좋게 만들 수 있는 방법'을 생각해 오라는 학교 과제로 '미리 갚아요' 캠페인을 시작한다. 즉 자신이 세 명의 다른 사람에게 앞으로 질 빚을 갚는 호의나 친절을 베풀고, 그 세 사람이 각기 또 다른 세 사람에게 친절을 베푸는 것이다. 그래서 한 사람이 세 사람이 되고, 세 사람이 아홉 사람이 되고, 아홉 사람이 스물일곱 명이 되고……. 그래서 누구든 '미리' 갚는 세상, 남보다 '미리' 친절하고 '미리' 도와주는 좋은 세상을 만드는 꿈을 갖고 소년이 열심히 캠페인을 벌여 간다는 것이 이 영화의 줄거리이다.

나는 이제 곧 새로운 세계로 가서 낯선 사람들 사이에서 적응하려고 노력하면서 아마 평상시보다 더 많이 남의 호의와 친절을 필요로 하고, 더 많이 남의 도움을 받을 것이다. 또 어쩌면 '미리' 갚기 시작한 한 소년의 호의가 퍼지고 퍼져 내게까지 올지도 모른다. 이 글을 읽은 독자들이 '미리' 갚기 시작해서 한 사람이 세 사람, 세 사람이 아홉 사람으로…… 자꾸 자꾸 퍼져서 미국까지 올지도 모른다. 그러면 그 친절과 사랑에 감명받아 나같이 '미리'와 인연 없는 사람도 '미리 갚는' 사람들로 이루어진 거대한 그물의 일원이 될 수 있을지도…….

루시 할머니

가끔 우리는 '운명의 장난'이라는 표현을 쓰는데, 이는 예기치 않았던 어떤 일로 말미암아 엉뚱한 일이 발생하거나 우리의 의지와 상관없이 삶의 행로가 바뀔 때 사용하는 말이다.

예를 들어 이북에 두고 온 남편을 오랜 세월 동안 기다리다가 결혼하니 바로 다음 날 남편이 찾아왔다든가, 이제껏 자식으로 알고 키웠던 아이가 후에 보니 출산 시 산부인과에서 바뀐 다른 사람의 아이였다든가 하는 것은 '운명의 장난'이라고 할 수밖에 없을 것이다. 또 이와 같이 소설 속에나 나옴직한 극적인 예가 아니더라도 여자 친구 모르게 다른 여자와 극장에 갔는데 바로 극장 앞에서 여자 친구와 맞닥뜨린다든가, 무심히 발밑의 돌부리를 찼는데 하필이면 지나가던 선생님의 머리에 맞았다든가 하는 등 일상에서도 '운명의 장난'에 해당하는 예는 허다하다.

2001년 5월 23일 한국의 모 일간지에는 '장영희 교수의 미국에서의 작은 승리'라는 타이틀과 함께 보스턴에서의 나의 '무용담'이 보도되었다. 기사에는 내가 살고 있는 7층 아파트 건물의 하나밖에 없는 엘리베이터가 고장이 나서 꼭대기 층에 사는 내가 3주일간 행동이 자유롭지 못했고, 그래서 내가 이 아파트를 관리하는 부동산 회사에 정상적인 학문 활동과 사교 활동을 할 수 있도록 다른 아파트로 옮겨 달라고 하자 부동산 회사가 법적인 책임이 없다는 이유로 거절했으며, 그때부터 나와 보스턴 최대 부동산 회사와의 싸움이 시작되었다는 이야기, 그리고 이 일이 미국의 주요 일간지인 〈보스턴 글로브〉의 수도권 뉴스 1면에 '미국 장애인들의 귀감이 된 동양에서 온 어느 장애인 여교수의 투쟁'이란 제목의 톱기사로 보도되었고, NBC TV에서 나를 인터뷰하여 저녁 뉴스 시간에 내보냈다는 이야기, 그래서 결국은 부동산 회사가 자신들의 잘못을 인정하고, 약간의 보상과 함께 앞으로 장애인 세입자에 관한 특별한 배려를 약속했다는 내용이 담겨 있었다.

사실 실제로 위의 일이 일어난 것은 한 달 전이었으나 뒤늦게 국내 일간지에서 〈보스턴 글로브〉의 기사를 발견하고 기사로 다룬 것이다. 이 기사가 나가고 나서 나는 다시 한참 동안 팔자에 없는 '유명

세'에 시달렸다. 여러 사람들이 격려 메시지를 보내왔을 뿐만 아니라 거액의 보상금을 받게 될지도 모르는데 왜 부동산 회사를 정식으로 고소하지 않았는지 등, 여러 가지 일들을 궁금해했다. 하지만 막상 나는 다른 일도 아닌 고장 난 엘리베이터 때문에 '국제적'으로 매스컴을 탔다는 것이 좀 민망스러울뿐더러, 뒷간 갈 때 마음과 나올 때 마음이 다르다더니 그때만 해도 그렇게 안타깝고 속상하던 사건이, 다시 엘리베이터가 정상화되고 일상으로 돌아오고 나니 아득한 꿈처럼 느껴질 뿐이다.

그래서인지 신문 기사들이 다루는 '사실적' 엘리베이터 사건보다 내 마음에 더 깊이 남아 있는 사건은 엘리베이터가 고장 난 것을 계기로 루시 메리안 할머니와 만나게 된 일이다. 루시 할머니는 같은 아파트에 사는 80세쯤 되는 노인인데, 한번은 층계를 천천히 한 계단씩 올라가는 나를 보고 너무 안타까운 나머지 911 구조대(미국의 119)에 신고를 했다. 곧 한적한 거리에 커다란 소방차 두 대가 사이렌 소리도 요란하게 나타났고, 온 동네 사람이 다 쳐다보는 가운데 구조대원 네 명이 나를 작은 소방용 의자에 앉혀 가마처럼 7층까지 들어 올렸다.

그 이후 내가 외출했다 돌아올 때면 4층에 있는 할머니의 아파트는 종종 나의 중간 쉼터가 되어 주었다. 함께 사는 조카가 출근하고 나면 안 그래도 말벗이 필요했던 할머니는 내가 갈 때마다 간단한 음식까지 내놓고 많은 얘기를 했다.

할머니는 말버릇처럼 아주 하찮은 일에도 '운명의 장난으로(by twist of fate)'라는 말을 자주 했는데 예를 들면 '운명의 장난으로' 자기가 오랫동안 기다렸던 드라마를 보려는데 마침 그때 중요한 전화가 걸려 오는 바람에 보지 못했다든가, 같이 사는 조카가 시금치를 사러 갔더니 '운명의 장난으로' 그날따라 시금치가 떨어졌다든가 등등, 좀 우스운 일에까지 '운명의 장난'을 갖다 붙였다.

루시 할머니는 이 아파트에서 30년 이상을 살고 있지만, '운명의 장난으로' 엘리베이터를 사용하지 못한다고 했다. 젊었을 때 엘리베이터 걸이었던 할머니는 어느 날 갑자기 엘리베이터 문이 닫히는 순간 숨이 막히면서 다시는 그 네 벽 속에서 빠져나오지 못할 것 같은 지독한 공포에 휩싸였고, 그 후 좁은 공간에 가기만 하면 가슴이 조여 오는 협소공포증이 생겼다는 것이다.

이제는 거동마저 불편해져서 엘리베이터를 못 타는 게 여간 불편하지 않지만, 외출을 아예 않거나 꼭 해야 하면 여전히 층계로 다닌다고 했다. 엘리베이터를 못 타게 된 '운명의 장난'에 대해 탄식조로 말하던 그녀가 갑자기 생기를 띠며 말했다.

"그런데 영희, '운명의 장난'은 항상 양면적이야. 늘 지그재그로 가는 것 같아. 나쁜 쪽으로 간다 하면 금방 '아, 그것이 그렇게 나쁜 건 아니었군' 하고 생각하게 만드는 좋은 일이 생기거든. 협소공포증이 생겨 엘리베이터 걸을 그만두고 나서 나는 정원 장식용품 가게에 점원으로 취직했고, 거기서 죽은 우리 남편을 만났지. 재작년 그 사람이 죽을 때까지 우린 53년을 같이 살았어. 남편을 만난 건 내 삶에서 가장 큰 축복이었어."

안식년을 맞아 몸과 마음을 좀 '안식'하기 위해 이곳에 온 내게 엘리베이터 사건 자체는 나쁜 '운명의 장난'에 속하지만, 그 일로 인해 나는 루시 할머니를 만났고, 가마 타고 7층 꼭대기까지 올라가는 호사도 누려 보았고, 이 세상에 참 좋은 사람들이 많다는 것을 새삼 다시 깨달았고, 또 이렇게 함께 나눌 수 있는 이야깃거리가 생겼으니 루시 할머니의 '지그재그' 운명론이 실제로 증명된 셈이다.

미술관 방문기

대학 교수쯤 되면 가끔씩은 학생들을 가르치는 데 필요한 기본 교양과 상식을 쌓기 위해 음악회도 가고 미술 전시회도 가는 등, 소위 '문화생활'을 좀 해야겠지만 나는 일부러 그런 데 가기 위해 시간을 내는 적이 없다. 하루하루 발등에 떨어진 불이나 꺼가며 사는 하루살이 인생에 문화생활이란 아무래도 가당찮다. 그래서 간혹 공짜표가 생겨도 조교에게 주고 그런 데 갈 시간 있으면 차라리 잠을 자겠다는 게 나의 심산이다. 그러나 사실 따지고 보면 내가 문화생활을 하지 않는 이유는 꼭 시간이 없어서라기보다는 예술에 관한 지적 호기심이나 지식이 없어 미술 전시회에 가봤자 제대로 감상할 줄도 모르고 음악회에 가면 졸 것이 뻔하기 때문이다.

그런데 이러한 예술적 무관심과 무능은 비단 나뿐만이 아니라 장씨 가문의 혈통과도 관계가 있다. 우리 부모님도 미술이나 음악에는 별로 관심이나 조예가 없으셨던 것 같고, 여섯 형제 중 한 명도 미술 전시회나 음악 콘서트에 일부러 돈 내고 가는 것을 본 적이 없다. 전통은 잘 이어져서, 조카들도 학교에서 미술관 방문을 숙제로 내주면 마지막 순간까지 미루다가 제 엄마에게 야단맞고 마지못해 해 가거나 아니면 친구가 가져온 팸플릿을 빌려 어떻게 꾸미는 모양이다.

그런 우리 가족이, 그것도 한두 명도 아닌 도합 여덟 명이 이번 여름에 세계 4대 미술관 중 하나라는 보스턴 미술관으로 단체 관람을 갔다. 한국에 있는 여동생 둘과 조카들 다섯 명이 방학을 맞아 내가 사는 보스턴에 왔는데, 교육적인 차원에서 지난 토요일에 다른 곳으로 관광 가는 대신 미술관에 가기로 한 것이다.

어렵사리 찾아간 미술관은 커다란 흰색 대리석 건물로, 대충만 봐도 이틀은 족히 걸릴 정도로 많은 작품이 전시되어 있었다. 나는 그래도 어린 조카들에게 기억에 남는 유익한 경험이 되게 하기 위해 미술 교과서에 나오는 유명한 화가들 — 모네, 르누아르, 세잔, 고흐, 고갱, 피카소, 샤갈 등 — 의 작품을 찾아다니며 열심히 화가 이름과 제목을 번역해 주었다.

솔직히 말하면 나도 정식 미술관에 가본 것은 이번이 처음이었다. 그림에 대해 별로 아는 게 없는 데다가 사진으로만 보았던 작품들을 진품으로 보고 있다는 것이 좀 신기할 뿐, 별로 큰 감흥을 느낀 것은 아니었다. 그래도 체신을 지키기 위해 짐짓 "와, 이것 멋있지 않니? 실제로 보니 더 좋지?" 하는 말까지 곁들여 가며 걸핏하면 딴청 피우고 어디론가 사라지는 조카들을 모아 데리고 다녔다.

인상파 작품 전시장에 있는 폴 고갱의 대작 〈우리는 어디에서 왔는가, 우리는 무엇인가, 우리는 지금 어디로 가고 있는가〉는 특이하게 오른쪽에서 왼쪽으로 보게끔 되어 있었다. 맨 오른쪽의 잠자는 아기로부터 왼쪽 가장자리에 죽음을 기다리고 있는 노파에 이르기까지 탄생에서 죽음까지의 인생 여정을 그린 작품이었는데, 제목을 번역해 주며 조카들이 "그럼 '우리는 무엇인가'에 관한 답은 뭐야?"라고 물어볼까 봐 은근히 걱정했지만, 다행히 아무도 묻지 않았다. 어쨌든 우리 대식구는 무사히 관람을 마치고 미술관 방문을 기념하기 위해 '증명사진'을 찍기로 했다.

'보스턴 미술관'이라고 쓰인 벽 앞에 여덟 명이 주르르 서서 단체 사진 찍을 준비를 하는데 점잖게 생긴 중년의 동양 남자가 눈에 띄었다. 마침 동생의 니콘 수동 사진기와 똑같은 모델의 사진기를 목에 걸고 있었다. 사진을 찍어 달라고 부탁하니 그는 선뜻 응하면서 "혹시 한국 사람이십니까?" 하는 것이었다. 반갑게 인사하고 나서 그는 사진기를 받아 들고는 능숙한 솜씨로 다루며 포즈까지 지시했다.

"팔짱을 끼세요. 김치~ 한 번 더 찍습니다. 가운데 서신 분 머리 좀

쓸어 올리세요. 완벽합니다! 자, 또 찍습니다."

고맙다고 몇 번씩 인사하는 우리에게 그는 "뭘요, 아마 아주 자~알 나왔을 겁니다" 하면서 한 번 싱긋 웃더니 주차장 쪽으로 갔다.

며칠 있다가 나는 잔뜩 기대를 갖고 초등학교 1학년짜리 조카 건우를 데리고 사진을 찾으러 갔다. 그러나 사진을 본 나는 경악하지 않을 수 없었다. 첫 번째 것은 우리 모두의 머리를 나란히 다 잘라 놓았고, 두 번째 것은 동생의 발만 크게 확대해 놓았고, 세 번째 것은 내 머리는 조카 가슴에(그것도 거꾸로), 동생 허리는 조카 머리 위에 붙여 놓은, 그야말로 괴기한 사진이었다.

분명히 사진기 다루는 솜씨가 좋은 사람이었고, 의도적으로 장난친 것이 분명했다. 그때 '자~알' 나왔을 거라고 한 것이 아주 의미심장한 말이었던 것이다. 그렇게 남의 기쁜 추억을 망가뜨려 놓으며 어떤 쾌감을 느꼈을까. 먼 타향에서 만난 같은 한국 사람이면서 속상해할 우리를 생각하며 지금쯤 회심의 미소를 짓고 있을까. 나는 순간 인간성 자체에 회의가 들 정도로 불쾌했다.

〈우리는 어디에서 왔는가, 우리는 무엇인가, 우리는 지금 어디로 가고 있는가〉라는 고갱의 그림이 생각났다. 어두운 색조를 배경으로 맨 가운데 탐욕스러운 표정으로 사과를 따고 있는 아담의 모습을 중심으로 벌거벗고 서로 눈 흘기고 앉아 있는 모습, 뒤돌아 앉아서 웅크리고 있는 모습, 찡그린 얼굴로 무언가 들여다보는 모습 등, 고갱이 생각한 인간은 별로 그렇게 밝고 아름다운 존재가 아니었던 것 같다. 어차피 한세상 태어나 죽어 가는, 다 똑같은 길을 가면서도 남의 아주 작은 행복까지도 빼앗기 좋아하고 서로 속이고, 눈 흘기고, 뒤돌아서 욕하고…….

그때 내 옆에서 열심히 사진들을 들여다보던 건우가 크게 말했다.

"와, 이모! 이 사진들 짱 멋있어. 그때 그 미술관에서 본 추상화 같아. 그 아저씨가 우리가 미술관 앞에서 찍으니까 이렇게 찍어 주신 거야?"

깍듯이 존댓말까지 쓰는 건우의 말에 나는 실소를 금할 수 없었다. 미술관에 간 보람이 있게 '추상화'라는 단어를 쓰는 것이 신통했다. 그리고 아닌 게 아니라 다시 보니 전위 예술 사진처럼 머리 없이 나란히 서 있는 우리의 모습이 재미있었고, 거꾸로 박힌 내 얼굴은 샤갈의 그림처럼 보이기도 했다.

"그래, 그런가 봐. 우리를 예술적으로 찍고 싶으셨나 봐."

이렇게 해서 우리의 미술관 방문은 '예술적' 사진으로 마무리되었지만, '우리는 무엇인가?'라는 질문은 여전히 내 마음속에 남아 있다.

마음속의 도깨비

오늘도 구름이 잔뜩 낀 채 무덥다. 모르긴 몰라도 불쾌지수가 100 쯤 되는 것 같다. 얼마 전 수업 준비, 원고 마감일, 회의 등을 무시하고 거의 야반도주하다시피 보름 동안 여행을 다녀왔는데, 그 후유증이 심상치 않다. 놀 때는 '재충전을 위하여'라는 구실이 있었지만, 다시 제자리로 돌아와 보니 재충전이 되기는커녕 오히려 놀고 난 뒤끝이 허탈하고, 더 놀지 못한 게 억울하고, 밀린 일은 처다보기도 싫고, 애꿎은 조교의 말만 꼬투리 잡고 늘어진다.

책상에 쌓인 일을 시작하려는데, 같은 학회에서 일하는 정 교수가 다음 회의 날짜를 알리는 이메일을 보내왔다. 아직 새 학기도 시작하지 않았는데 벌써 회의라니……. 불평 가득한 마음으로 메시지를 읽는데 정 교수는 끝에 '마음이 맑아지는 글'이라는 짤막한 글을 소개하고 있었다. 요즘 인터넷 종교 사이트에 보면 예쁘고 도덕적인 글이 많이 떠도는데, 그중 하나를 퍼온 것 같았다.

그런 글들이 다 그렇듯이 내용은 좋고 아름다웠지만, 내 마음이 너무 흐려서인지 마음이 맑아지기는커녕 오히려 슬그머니 반감이 일었다. 오늘처럼 날씨도 기분도 찌뿌드드하고 할 일이 많을 때는 안 그래도 이것저것 세상이 내게 요구하는 게 너무 많다 싶은데 '착함'까지도 강요당하는 느낌이었다. 나의 삐뚤어진 마음은 정 교수가 보낸 '마음이 맑아지는 글'에 조목조목 반항의 사족을 달았다.

• 오늘 내가 헛되이 보낸 시간은 어제 죽은 이가 그토록 그리던 내일이다.

(그래, 나는 오늘도 헛되이 보냈다. 아니 오늘뿐인가, 어제도 그제도 계속 헛되이 보냈다. 그러니 어쩌란 말인가. 어제 죽은 사람 대신 내가 살아 있어 미안해하라는 말인가.)

• 열광하는 삶보다 한결같은 삶이 더 아름답다.

(이 말은 거꾸로 뒤집으면 한결같은 삶이 별 볼 일 없다는 뜻 아닌지?)

• 남을 돕는다는 것은 우산을 들어 주는 것이 아니라 함께 비를 맞는 것이다.

(정말 알다가도 모를 말이다. 우산을 들어 주면 둘 다 조금씩이라도 비를 피할 텐데 왜 멀쩡한 우산을 두고 함께 비를 맞아야 하지?)

• 살다 보면 일이 잘 풀릴 때가 있다. 그러나 그것이 오래가지는 않는다. 살다 보면 일이 잘 풀리지 않을 때가 있다. 이것도 오래가지 않는다.

(이론적으로 그렇다는 말이다. 다른 사람들은 일이 늘 잘 풀리고, 그건 오래간다. 내 삶은 잘 풀리지 않는다. 그것도 오래간다.)

• 사람은 누구에게서나 배운다. 부족한 사람에게서는 부족함을, 넘치는 사람에게서는 넘침을 배운다.

('부족함', '넘침'을 배워서 무엇 하는가. 넘치지도 않고 부족하지도 않은 딱 '알맞음'을 배워야 하는 것 아닌가.)

• 스스로를 신뢰하는 사람만이 다른 사람에게 성실할 수 있다.

(이 말은 정말 꼭 날 두고 하는 말 같다. 난 기분파이고, 걸핏하면 내 말을 내가 어기고, 어떤 때는 똑똑하고 어떤 때는 바보고,

절대 나 스스로를 신뢰하지 못한다. 그렇다면 다른 사람에게도
성실할 수 없단 말인가?)

사실 따지고 보면 구구절절이 맞는 말인데, 순전히 반항을 위
한 반항을 하고 있는 꼴이다. 가끔 내 마음속에는 이렇게 평화를
싫어하고 오히려 분란 일으키기를 좋아하는 도깨비 같은 게 살고
있는 것 같다. 겉으로는 자타가 공인하는 평화와 질서, 화해 찬미
론자이지만, 내 속 어딘가에는 분명히 질서에 반항하고, 완벽한
조화를 불편해하고 일탈을 꿈꾸는, 나도 모르는 내가 있다. 어른
이기 때문에, 사회적 체면 때문에, 남들의 기대와 요구 때문에 입
고 있는 옷을 다 벗어 버리고 싶은 충동, '착함'을 거부하는 존재
가 분명 어딘가에서 심심찮게 목소리를 내고 있는 것이다.

어렸을 때 나는 더할 나위 없는 순둥이에 학교에서도 모범생이었
다. 하지만 그때도 내 속에 도깨비는 살고 있었다. 어머니는 밤마다
꼭 이를 닦고 자라고 말씀하셨지만 이 닦기를 무척이나 싫어했던 나
는 몰래 칫솔에 물을 묻혀 꽂아 놓고 어머니가 이 닦았느냐고 물으면
닦았다고 거짓말을 하곤 했다. 그때 어머니가 알고 속으셨는지 모르
고 속으셨는지 모르지만, 사실 양치질하는 수고를 덜었다는 것보다
는 어머니를 속이는 쾌감이 더 컸을 것이다.

어쩌면 누구든지 마음속에는 작든 크든 그런 도깨비가 살고 있는

지 모른다. 무슨 커다란 범죄 욕구는 아니더라도 가발을 쓴 사람을 보면 가발을 벗겨 보고 싶은 충동, 평화롭게 잠자고 있는 사람을 한 번쯤 쿡 건드리고 숨어 버리고 싶은 충동, 아름답고 완벽한 화음으로 노래 부르는 합창단이 있다면 갑자기 이상한 불협화음을 내보고 싶은 충동, 아주 조용한 성당이나 도서관에 들어가면 "아-악!" 하고 소리 질러 보고 싶은 충동, 굽이 아주 높고 가는 구두를 신고 얌전하게 걸어가는 여자를 보면서 구두굽이 톡 부러지면 어떨까 기대하는 마음 등, 조화보다는 부조화, 타협보다는 갈등을 위해 논리도 체면도 없이 제멋대로 행동하는 도깨비는 누구에게나 잠복해 있어서 언제라도 튀어나올 준비가 되어 있다.

그런데 정 교수가 보내 준 글에는 두 문장이 더 남아 있었다. '행복의 세 가지 조건은 사랑하는 사람들, 내일을 위한 희망, 그리고 나의 능력과 재능으로 할 수 있는 일이다.'

오늘따라 더 기세가 등등한 내 마음속의 도깨비도 이 말에는 반기를 들지 못했다. 분명 사랑하는 사람이 있어 행복하고, 내일을 위한 희망이 있어 행복하고, 그리고 나의 능력과 재능으로 할 수 있는 일이 있어서 다행이라는 것은 나도 순순히 인정하지 않을 수 없기 때문이다. 마지막은 '소금 3퍼센트가 바닷물을 썩지 않게 하듯이 우리 마음 안에 나쁜 생각이 있어도 3퍼센트의 좋은 생각이 우리의 삶을 지탱해 준다'였다.

그래서 이 더운 여름날 내 마음속에 사는 도깨비들은 이리저리 아우성이지만, 그래도 어딘가에 숨어 있는 3퍼센트의 좋은 생각이 있는지 나는 다시 독자들을 만나기 위해 기쁘게 이 글을 쓴다. 어느덧 바람도 싱그러워질 테고, 들국화, 투명한 햇살, 낙엽에 대해 얘기할 것이고, 그러면 내 마음도 정말 가을 하늘처럼 맑아질 수 있겠지, 기대해 보며.

사랑을 버린 죄

선생님, 저 연숙이랑 헤어졌습니다. 아니, 연숙이가 일방적으로 다른 남자가 더 좋다고 저를 버리고 떠나갔습니다. 제 심정을 어떻게 표현해야 할지요. 너무나 마음이 아파 심장이 꼬깃꼬깃 졸아들어 아주 딱딱한 차돌멩이가 되어 버린 것 같습니다. 선생님, 어느 유행가 가사에 '그리운 사람이 있다는 것, 그것만으로도 감사해요'라는 구절이 있습니다. 선생님이 쓰신 어느 글에도 '아프게 짝사랑하라'는 말이 있습니다. 그 노래도, 선생님도 다 허위입니다. 떠나간 사람에 대한 지독한 그리움은 너무나 아파서 절대로 감사할 수 없습니다. 짝사랑의 고통도 겪어 보지 않은 사람은 알 수 없습니다. 죽어도 말로 표현할 수 없습니다. 숨이 턱턱 막히고 지독한 두통으로 구역질이 납니다.

선생님, 여전히 제 마음을 가닥가닥 모조리 휘어잡고 휘두르고 있는 연숙이를 어떻게 내쫓아 버려야 할지요. 어제 연숙이와 함께 가던 음악 카페를 지나는데, 이제는 그곳에서 더 이상 기다릴 사람이 없다는 사실 때문에 미칠 것만 같았습니다. 눈을 감으면 그 애가 턱을 쳐들고 해맑게 웃던 모습만 보입니다. 더 이상 아무런 생각도 할 수 없습니다.

선생님, 절 구해 주세요.

지난여름 준영이는 낭떠러지에 매달려 필사적으로 소리치듯 '구해 달라'는 메시지를 보냈다. 준영이는 나의 고등학교 동창인 명애의 아들이자 작년에 내 교양영어 수업을 들은 제자이기도 하다. 같은 과목을 수강하던 연숙이를 열렬하게 쫓아다녔지만 예쁘고 새침한 연숙이가 마음을 열지 않아 안타까워하더니 학기가 끝날 무렵에는 연숙이도 준영이의 구애에 감동받아 소위 말하는 '캠퍼스 커플'이 되었고, 가끔씩 손잡고 다니는 모습을 보기도 했다.

영작 숙제를 내주면 그저 짧은 문장 몇 개로 때우던 준영이가 몇 장에 걸쳐 쓴 편지를 읽으며 조금은 전통적인 '사랑의 증세'에 슬며시 미소 짓다가, 그냥 지나치는 사랑의 열병으로 치기에는 묘사가 너무 절박해서 나도 은근히 긴장이 되었다.

사실 나는 준영이가 첫사랑에게 버림받고 힘들어하고 있다는 것을 이미 알고 있었다. 잊을 만하면 가끔씩 소식을 주는 명애에게서 아들의 실연에 대해 짤막한 이메일이 왔었기 때문이다.

명애는 '실연당한 자식을 보는 게 이렇게 괴로운 줄은 몰랐단다. 저 싫다고 떠난 여자애를 생각하며 밥을 남기는 못난 자식이 너무나 밉고, 그래도 짐짓 아무렇지도 않은 척 웃고 떠드는 모습을 보면 또 너무나 마음이 아프단다. 사랑을 버린 죄에 대한 벌이 이렇게 혹독할 줄이야. 오랜 세월이 흐른 지금 이제도 가끔씩 문득 그 사람이 생각나고 미안한 생각이 든단다'라고 쓰고 있었다.

'사랑을 버린 죄' — 하도 오래전 일이라 나는 까맣게 잊고 있었지만, 명애는 준영 아빠와 결혼하기 전에 당시 민주화 운동을 하던 어떤 남학생과 열렬하게 연애를 하고 있었다. 그러나 졸업과 동시에 명애는 오랫동안 사귀던 그 남자 친구와 결별하고 소위 조건이 좋은 준영 아빠랑 결혼했고, 그 남자 친구는 배반의 상처가 너무나 깊어서 자살 소동까지 벌였다.

그런데 너무나 놀라운 사실은, 알고 보니 아들 준영이가 목숨 걸고 좋아한 연숙이는 명애에게 버림받고 나서 독일로 유학 간 이후 오랫동안 보지 못했던 옛 남자 친구의 딸이더라는 것이었다. 암만 생각해도 믿기지 않고 무슨 TV 연속극에나 나옴직한 이야기지만, 나는 '인연'이라는 말을 떠올리지 않을 수 없었다.

문장 끝에 마침표를 찍듯, 매정하게 끊었던 사랑이 먼 훗날 어떤 인연으로 연결되어 다시 부딪히고 그 마침표는 쉼표, 느낌표로 변하여 문장은 다시 계속되고……. 물론 순전히 우연의 일치였지만, 과거의 사랑을 생각하며 아름다운 추억보다는 죄나 벌을 떠올려야 하는 명애가 가슴 아팠다. 그렇게 오랜 세월이 지났어도 '사랑을 버린 죄'는 마치 가슴 한구석에 무거운 돌을 달아 놓은 듯, 가끔씩 마음을 흔들어 놓는 무게로 남아 있는 모양이었다.

어쨌든 나는 '구해 달라'는 준영이에게 다음과 같은 메시지를 써 보냈다.

'준영아, 영국 시인 앨프리드 테니슨은 말했단다. "사랑하고 잃는 것이 사랑을 하지 않는 것보다 낫다(It is better to have loved and lost than not to have loved at all)"라고. 짧은 동안이나마 그렇게 온 마음 다해 사랑할 수 있었던 연숙이를 만난 것 자체가 행운이었다고 생각하렴…….'

사랑의 후유증으로 한 여름 아파하던 준영이는 지금은 군대에 가서 잘 지내고 있다. 아마도 제대할 즈음에는 '선생님, 이제는 저의 대학 1학년을 송두리째 바친 연숙이라는 존재가 흐릿하고 그 애가 턱을 쳐들고 해맑게 웃는 모습이 잘 생각나지 않아 슬픕니다. 그런데 오늘 만난 미애가……'라고 말할지도 모른다.

이렇게 사랑은 버리고 버림받고 만나고 헤어지고 끊임없이 이어지는 거대한 흐름인가 보다. 때로는 사랑에 상처받고 다시는 사랑을 하지 않겠다고 다짐해 보지만 어림도 없는 일, 어느덧 다시 그 흐름에 휩쓸린다.

사랑의 순환처럼 세월도 흘러 어느덧 찰스강에 낙엽이 하나둘씩 떨어진다. 치열했던 여름이 지나고 월든 호수에 비친 단풍나무가 가슴 저리도록 아름다운 가을이 왔다. 또한 가을은 찬란한 신파의 계절! 스산한 바람 속에서 떠난 사람을 생각하면서 눈물 한 방울쯤 떨어뜨려도 괜찮을 것 같은 계절이다.

그리고 사랑을 버린 사람이든 사랑에 버림받은 사람이든, 다시 한 번 가슴 아프게 떠올리며 보석 같은 눈물을 흘릴 수 있는 사랑의 추억이 있다는 것은 이 가을에 한껏 누릴 수 있는 커다란 축복이다.

20년 늦은 편지

백조 10

충남 천안 공원묘지

지구, 대한민국

우주

사랑하는 아버지께

마치 온 하늘이 조각조각 무너져 내리듯 끝없이 눈이 내리더니, 이제는 투명한 햇살 속에서 찰스 강변의 수선화들이 노란 봉오리를 내밀고 있습니다. 아버지, 저는 지금 27년 전 아버지께서 이곳에 머무

르면서 쓰신 책의 제목과 같이 '찰스강의 철새들' 중의 하나가 되어 보스턴에 와 있습니다. 그리고 아버지가 사시던 엘머가와 그리 멀지 않은 곳의 작은 아파트에서 이 편지를 쓰고 있습니다.

기억하시는지요. 1980년 겨울, 제가 유학 시절 '어머니께 드리는 편지'라는 글을 〈코리아타임스〉에 기고한 적이 있지요. 그랬더니 며칠 후 아버지께서 전화를 하셔서 농담 반 진담 반으로 "아버지께 드리는 편지는 언제 나오냐?" 하셨던 거요. "네 편지 잘 받았다" 하고 전화해 주실 아버지는 한국에도 이곳에도 안 계시지만, 제가 게으름 피우거나 포기하려 할 때마다 "안 하는 것보다 늦게라도 하는 게 낫다"고 하시던 아버지의 말씀을 기억하며 20년 늦게 이 편지를 띄웁니다.

아버지가 떠나신 지 6년이 되었습니다. 길다고 하면 긴 세월, 이제는 아버지의 사진을 보고도 눈물을 흘리지 않을 수 있습니다. 아버지가 가시고 나서 1주기 미사를 하면서 키스터 신부님이 강론 중에 해주신 말씀이 생각납니다.

"이제는 보내 드리십시오. 사랑의 기억을 추억으로 남기고, 문을 닫으십시오. 아버님은 지금 천국에서 행복하십니다."

그때 저는 신부님이 너무 원망스러웠습니다. 위로를 해주시기는커녕 어떻게 아버지를 보내 드리라는 말씀을 하실 수 있습니까? 사랑의 기억을 어떻게 철 지난 옷 차곡차곡 챙겨 넣고 서랍장 닫아 버리듯 할 수 있나요?

그렇지만 아버지, 이제 오랜 세월이 흐르고 나니, 저는 그분의 말뜻을 이해할 듯합니다. 보내 드리라는 말씀은 물론 잊으라는 말씀이 아니지요. 육체적 존재에 연연하지 말고 미약한 인간적 개념의 시간을 넘어서서 더욱 깊게, 영혼의 힘으로 기억하라는 말씀이지요.

사랑하는 사람과 죽음으로 이별할 때 그 아픔은 표현할 길이 없지만, 한 가지 위안이 있다면, 어쩌면 그 이별이 영원한 이별이 아니고 언젠가 좀 더 좋은 세상에서 다시 만나게 되리라는 기대입니다.

몇 년 전 여름에 LA의 언니네 집에 들렀을 때 우찬이와 함께 어떤 영화를 보았습니다. 제목도 잘 생각이 안 나지만, 그중에 한마디 대사가 기억에 남습니다. 교육을 제대로 받지 못했고 살림도 어려운 미혼모 조디 포스터가 일곱 살 난 천재 아들의 장래를 위해 양육권을 포기하고 아이를 먼 곳에 있는 영재 학교로 보내게 됩니다. 어쩌면 이제는 다시 보지 못할지도 모르는 아들을 보내며 그녀는 평상시에 하룻밤 친구 집에 놀러 가는 아들에게 하듯 "그래, 내일 보자(See you tomorrow)"라고 말합니다. 아들과 헤어지는 아픈 마음을 스스로 위로하기 위해서였겠지요.

그 후 LA에 들렀다 한국에 돌아갈 때마다 우찬이는 내년에 보자는 말 대신에 "이모, 내일 봐"라고 말하곤 합니다. '내일'과 같이 짧은 시간 후에 다시 볼 수 있다면 헤어지는 마음이 덜 아쉽겠지요. 삶과 죽음이 끊임없이 이어지는 영겁 속에서 하루는, 1년은, 아니 한 사람의 생애는 너무나 짧은데, 그럼에도 우리는 먼저 이 세상을 떠나는 사람들에게 "내일 봐요"라고 말할 수 없는 것인지요.

아버지가 계시는 천안 공원묘지 입구에는 아주 커다란 바윗돌에 '나 그대 믿고 떠나리'라고 쓰여 있습니다. 누가 한 말인지 어디서 나온 인용인지도 알 수 없이 그냥 밑도 끝도 없이 커다란 검정색 붓글씨체로 그렇게 쓰여 있습니다. 처음에는 좀 촌스럽고 투박한 말 같았는데, 어느 날 문득 그 말의 의미가 가슴에 와닿았습니다.

그렇습니다. 중요한 것은 믿음입니다. 우리가 사랑하는 사람들이 이곳의 삶을 마무리하고 떠날 때 그들은 우리에게 믿음을 주는 것입니다. 자기들이 못다 한 사랑을 해주리라는 믿음, 진실하고 용기 있는 삶을 살아 주리라는 믿음, 서로가 서로를 이해하고 받아 주리라는 믿음, 우리도 그들의 뒤를 따를 때까지 이곳에서의 귀중한 시간을 헛되이 보내지 않으리라는 믿음 — 그리고 그 믿음에 걸맞게 살아가는 것은 아직 이곳에 남아 있는 우리들의 몫입니다.

아버지, 이곳에 오고 나서 얼마 후에 거버 박사에게 전화를 했지요. 1950년대에 아이오와 주립대학교에서 아버지를 가르치셨고 퇴임 후 1980년대에는 뉴욕 주립대학교에서 명예교수로 저를 가르치신 선생님 말이에요. 올해 91세이신데 아직도 정정하시지만 가끔 건망증이 심하세요. 이번에 전화를 드리니까 아주 반색을 하시면서, "아, 왕록아 오랜만이로구나. 그런데, 영희는 죽었지?" 하시더라고요.

제가 "선생님, 이름을 바꿔 기억하시네요" 하고 말씀드리니까 거버 박사가 "참, 그렇지. 미안하다. 너희 둘은 모습도 말하는 것도 너무 닮아서 말이야" 하셨어요.

모습과 말하는 것은 닮은꼴이지만 아버지의 재능, 부지런함, 명민함을 제대로 물려받지 못한 저는 아버지가 하신 일, 아버지가 하고 싶으셨던 일까지 모두 닮고 싶어 아버지가 보셨던 것과 똑같은 강, 똑같은 하늘, 똑같은 길을 보며 아버지를 생각합니다. 영국 작가 새뮤얼 버틀러는 '잊히지 않은 자는 죽은 것이 아니다'라고 말했지요. 떠난 사람의 믿음 속에서, 남은 사람의 기억 속에서 삶과 죽음은 영원히 연결되어 있기 때문입니다.

다시 뵐 때까지 아버지의 믿음을 기억하며 성실하고 부지런하게, 그리고 용기 있게 살아가겠습니다.

내일 뵈어요, 아버지.

보스턴에서 둘째 딸 영희 드림

이 글을 사랑하는 사람을 하늘나라로 보낸 상처가 아직 아물지 않은 모든 분들께 드립니다.

'오늘'이라는 가능성

    지난여름 이런저런 고지서들을 정리하다가 꽤 비싼 보험료 청구서를 보고 문득 이런 생각이 들었다. 올해 미국에서 1년 안식년을 보내면서, 그리고 유학하는 6년간 남의 나라에 낸 의료 보험료가 꽤 많은데 크게 아파 본 적이 없으니 한 번도 제대로 혜택을 받아 본 적이 없다는 것이다.

    물론 천만다행한 일이지만, 그래도 조금이라도 밑천을 뽑기 위해 건강진단을 한번 해봐야겠다는 생각이 들었다. 하버드 메디컬 스쿨이면 세계 최고 의료기관이고 내로라하는 세계 굴지의 부자들이 떼돈을 내고 일부러라도 온다는데 나는 이왕에 여기 와 있지 않은가. 게다가 얼마 전에 아는 수녀님이 유방암으로 돌아가셨는데, 결혼하

55

지 않은 사람은 특히 유방암에 걸릴 확률이 높다고 하니 적어도 암 검사는 한번 해야겠다는 생각이 들었다. 그래서 전화로 예약을 하니 석 달 후인 2주일 전에야 겨우 검진 날짜가 잡혔다.

담당 여의사는 나를 침대에 눕히고 가슴 검사부터 했다. 언제 마지막으로 유방암 검사를 했느냐는 질문에 매년 학교에서 하는 간단한 검진만 했을 뿐, 이제껏 한 번도 정식으로 유방암 검사를 안 해보았다고 대답하니 의사는 조금은 과장되게 놀란 표정을 짓더니 가슴에서 꽤 큰 돌기가 잡히는데 몰랐느냐고 물었다. 의사가 가리키는 곳을 만져 보니 확실하게 뭔가 덩어리가 잡혔다.

소위 '자가 진단'이라는 것도 하지 않았느냐는 질문에 난 다시 고개를 저었다. 암일 가능성이 있느냐는 나의 질문에 의사는 고개를 끄덕였다. 그러고는 바로 다음 날 '매모그램'이라는 검사를 하라면서 검사 결과 암으로 판명 날 경우 만나야 할 전문의 이름까지 적어 주었다. 검사 결과를 보기도 전에 벌써 담당 외과의까지 알려 주는 것이 아무래도 수상쩍었다. 게다가 그냥 한번 읽어 보라며 의사가 내미는 책 제목이 '유방암 환자를 위한 지침서'였다.

학교로 돌아오는 내 마음은 착잡했다. 순전히 보험료 아까워서 검진 한번 받으러 간 건데, 상황이 이상하게 돌아가고 있었다. 가족에게 알려야 하나, 확실한 결과가 나오면 알리자. 갑자기 '죽음'이라는 것이 현실로 다가오며 절망감 같은 것이 밀려왔다. 차에서 신호를 기다리는 동안 의사가 준 책을 펼쳐 보았다. 첫 페이지엔 굵은 글씨로 '당신의 탓이 아니니까 자신을 탓하지 말라'고 적혀 있었다.

나는 태어나서 그렇게 말도 안 되는 소리를 들은 적이 없다. 내 탓이라니. 내 탓은커녕, 나만 빼고 다른 모든 사람의 탓인 것 같았다. 나는 더 살기를 원하는데 다른 모든 이가 힘을 합쳐 감히 내 등을 떠밀고 있었다. 그 알지 못하는 가해자들에 대한 알 수 없는 미움이 솟았고, 내가 이 세상에서 더 살 자격이 없어 쫓겨나는 것처럼 너무나 자존심이 상했다. 내가 뭘 잘못했다고……. 신에 대한 분노, 그리고 철저한 고독감이 느껴졌다.

학교로 돌아오니 12시 수업 들어가기 전까지 시간이 좀 있어 도서관 밖 의자에 앉았다. 늦가을의 교정은 너무나 아름다웠다. 말로는 형용할 수 없는 온갖 오묘한 색깔의 단풍들 사이로 제각기 바쁘게 오가는 사람들……. 마치 내가 주인공을 맡았던 연극 무대에서 내려와 다른 사람들이 태연하게 내 역할을 하는 것을 보고 있는 듯, 지독한 박탈감과 질투가 밀려왔다.

마침 옆에서 한가롭게 샌드위치를 먹고 있던 학생들이 영문학 전공인지 '비트 제너레이션'이 어쩌고 '잭 케루악'이 저쩌고 하며 얘기를 하고 있었다. 암만 생각해도 말이 안 되었다. 벌떡 일어나 "야, 이 바보들아, 그 사람들은 다 죽은 사람들이야. 무덤 속에서 꼼짝 못 한다고. 시퍼렇게 살아 있는 나에 대해 이야기해 봐!" 하고 크게 욕해

주고 싶었다. 그것도 우리말로 하고 싶었다. 죽음을 생각하는 사람이 남의 나라 말을 해야 한다는 사실조차 비위가 상했다.

다음 날 매모그램과 초음파 검사는 나를 더욱 절망시켰다. 다른 여자들이 간단하게 검사하고 "모든 게 다 좋습니다"라는 말을 듣고 돌아가는 동안 나는 이리저리 재촬영을 했다. 무엇이 잘못된 것 같으냐고 물어도 촬영사는 무조건 의사가 말해 줄 것이라고만 대답했다.

마침내 의사가 들어왔다. 의사의 일거수일투족이 의미심장해 보였다. 의사가 내 목발만 힐끗 봐도 '이 여자는 다리가 이런데 또 암까지 걸렸네, 참 불쌍하군' 하고 동정하는 것 같았고, 친절하게 미소를 띠면 '어차피 죽을 사람인데 웃음이나 지어 주자' 하고 선심을 쓰는 것 같았다. 의사는 초음파 검사로 발견한 돌기는 한 개가 아니라 세 개이고, 확신할 수는 없어도 "암이 의심스럽다"는 표현을 썼다.

조직 검사를 하고 결과를 통고받는 날까지 나는 학교에 가고 사람들을 만나고 평상시와 똑같은 생활을 했다. 내 마음은 하루에도 몇 번씩 양극으로 내달았다. 아마 괜찮을 거야. 설마 하고많은 사람 중에 내가……. 살아오면서 난 불운보다는 훨씬 많은 행운을 누리며 살았고 틀림없이 행운이 내 편이 될 거야 하는 믿음과, 그러면서도 어쩌면 이제는 모든 것이 마지막일지도 모른다는 자포자기 같은 것이 함께 자리하고 있었다.

조직 검사 결과 세 개의 돌기는 모두 악성이 아닌 양성으로 판명되었다. '앞으로는 철저하게 1년에 한 번씩 검사를 받으라'는 경고로 나의 열흘간의 고독이 끝나던 날, 병원에서 돌아오는 길에 학교 앞 선물 가게에 들렀다. 다시 삶의 무대에 올라선 나를 자축하고 싶었다. 선물 가게에는 벌써 크리스마스카드가 가득 진열되어 있었다. 그 가운데 작가들의 명언 시리즈 카드가 있었는데 마크 트웨인의 말이 적힌 카드가 눈에 띄었다. '오늘 일어날 수 없는 일은 아무것도 없다 (There's nothing that cannot happen today).'

'오늘'이라는 시간의 무한한 가능성 ─ 갑자기 하늘에서 돈벼락을 맞을 수도 있고, 떠나간 애인이 "내가 잘못했어" 하고 다시 돌아올 수도 있고, 드디어 한반도가 통일되었다는 저녁 뉴스가 나올 수도 있다. 그런가 하면 무심히 길을 가다 고층 건물에서 떨어지는 벽돌에 맞을 수도 있고, 아무리 믿기지 않아도 눈앞에서 110층짜리 고층 건물이 삽시간에 무너질 수도 있고, '암'은 남의 이야기라는 듯, 잘난 척하며 살던 장영희가 어느 날 갑자기 암에 걸려 죽을 수도 있음은 물론이다.

이렇게 〈샘터〉 2001년 12월호에 '열흘간의 고독'이라는 제목으로 쓴 글은 계속되고 있다. 아무에게도 말하지 않고 철저하게 혼자였던

'열흘간의 고독'이 끝났다는 안도감과 비싼 검사비를 내지 않았으니 보험료 밑천을 뽑아 다행이라는 말과 함께 해피엔딩으로 글은 끝났다.

물론 이것은 가증스러운 거짓말이다. 그때 나는 조직 검사 결과 왼쪽 유방에 2~3기 정도의 암이 있고, 곧 수술을 해야 한다는 진단을 받았다. 그야말로 하고많은 사람 중에 내가 암에 걸렸고, 암 환자가 된 것이다. 마감일 때문에 글을 중간 정도까지 써놓고 검사 결과를 기다려 마무리를 지으려던 나는 이 글을 앞에 놓고 고민에 고민을 거듭했다. 검사 결과 솔직하게 암에 걸렸다고 고백하면서 글을 끝낼까, 아니면 거짓으로 결국 암이 아니었다고 글을 끝낼까. 둘 중 나는 후자를 택했다.

'왜?'라는 물음에 나는 별로 논리적인 답을 할 수 없다. 그냥 내 마음이 시켜서 한 일이지만, 지금 생각하면 난 그때 무척 자존심이 상했던 것 같다. 신에게 내가 불운의 대상으로 선택되었다는 사실에 화가 났고, 내 자유의지와 노력만으로 이길 수 없는 싸움을 해야 한다는 사실이 너무 불공평하게 느껴졌고, 오로지 건강하다는 이유로 나에게 우월감을 느낄 사람들이 미웠고, 무엇보다 내가 동정의 대상이 된다는 사실이 너무나 자존심 상했다. 그래서 내 병은 나와 가족만의 비밀로 하고 몰래 투병하기로 했다.

하지만 따지고 보면 8년 전의 이 글의 마무리가 완전히 거짓은 아니다. '오늘의 가능성'에 대해 말하고 있기 때문이다. '오늘'이라는 시간의 무한한 가능성 — 잘난 척하며 살던 장영희가 어느 날 갑자기 암에 걸려 죽을 수 있다. 하지만 병을 통해 조금 더 겸손해지고, 조금 더 사랑을 배우고, 조금 더 착해진 장영희가 바로 오늘 성공적으로 항암 치료를 끝내고 병을 훌훌 털고 일어날 수도 있다.

그래서 최선을 다해 성실하게 살면 헛되지 않으리라는 믿음을 갖고, 늘 반반의 가능성으로 다가오는 오늘이라는 시간을 열심히 살아간다.

아름다운 빚

강원도 홍천군 희망리希望里라는 곳에 용간난이라는 할머니가 산다. 1979년 어느 날, 할머니의 남편은 약초를 캐러 갔다가 담뱃불을 잘못 떨어뜨리는 바람에 국유림의 일부를 태웠다. 국유림 관리소는 할아버지에게 산불 피해를 입힌 죄로 벌금 130만 원을 부과했다. 그러나 살림이 극도로 어려운 정황을 참작해서 분할 상환할 수 있도록 했다. 그런데 얼마 안 있어 할아버지는 중풍을 앓다가 숨졌고, 간난이 할머니에게 "나 대신 벌금을 꼭 갚아 달라"는 유언을 남겼다.

할머니는 넷이나 되는 자녀를 혼자 키우면서도 매년 형편에 따라 3만 원에서 10만 원에 이르는 벌금을 꼬박꼬박 납부했다. 너무 늙어 농사를 지을 근력조차 없어지자 일당 7천 원의 허드렛일로 살아갔는데, 그래도 돈을 모아 단돈 몇만 원이라도 해마다 빚진 벌금을 냈다. 그리고 20년이 지난 2001년 가을에 드디어 벌금을 완납하고 나서 할머니는 말했다.

"이제 빚을 다 갚았으니 20년 동안 답답했던 가슴이 후련하다. 저 승에 간 남편도 이젠 편히 쉴 수 있겠다"고.

잡지에서 읽은 내용이다. 요즘처럼 남의 돈 수백억 원을 먹고도 시 침 뚝 떼고 오히려 큰소리치고 사는 사람이 수두룩한 세상에 간난이 할머니의 이야기가 마치 먼 나라 얘기처럼 신기하게까지 느껴진다. 그렇게 오래 걸려야 갚을 수 있는 액수였다면 그냥 '돈 없으니 어쩔 거요. 날 잡아 잡수' 하고 버티거나 아예 야반도주해 버릴 수도 있었 을 텐데, 할머니는 20년 동안 뼛골 빠지게 돈을 벌어 빚을 갚았다.

평상시에 나도 빚지고는 못 사는 성격이라고 생각했는데, 그래서 은행 빚으로 투기를 하거나 남의 돈을 먹고 종국에는 들통이 나서 감 옥행을 하는 사람들을 보면 '저런 뻔뻔스러운 인간들이 있나' 하고 혀 를 끌끌 찼는데, 내가 갓난이 할머니처럼 할 수 있을지는 의문이다.

4년 반 만에 월간 〈샘터〉의 '새벽 창가에서' 칼럼 연재를 끝내며 바 로 그런 느낌, 참으로 많은 빚을 지고 떠난다는 느낌을 가졌다. 그동 안 보이게 또는 보이지 않게 독자들에게서 받은 관심과 사랑은 내게 고스란히 빚으로 남게 되었기 때문이다.

제일 큰 빚은 독자들이 주는 편지에 제대로 답을 못 했다는 것이

다. 내게 소위 '팬 레터'를 보내는 독자들은 대충 세 부류로 나눌 수 있는데, 첫째가 군인들, 둘째가 감옥에 있는 수인囚人들, 그리고 결혼한 지 꽤 돼서 웬만큼 자란 아이들이 있는 아줌마들이다. 엄격한 규율 속에서 자유롭지 못한 군 생활을 하면서도 내게 쓴 편지들(주로 상관들 몰래 화장실에서 〈샘터〉를 읽고, 그래서 화장실에서 내 글을 만난다고 했다), 바깥세상을 그리며 간절한 마음으로 감옥에서 쓴 편지들, 그리고 우리나라 국력의 원천인 아줌마들이 보내 준 편지들.

모두 다른 곳에서 각양각색의 삶을 살지만 나름대로 외롭고 힘든 처지에서 나로부터 따뜻한 위로 한마디나 격려 한 줄을 기대했을 테지만, 일일이 다 답을 못 했다. 편지를 읽을 때마다 시간이 나면 꼭 답장을 해야겠다고 보관은 해두지만 차일피일 미루다 쌓인 것이, 이제는 와이셔츠 상자 하나 가득이다. 그래도 이제 그 상자는 내게 그 어느 여왕의 보석 상자보다 더 귀한 보물 상자이고, 만약 우리 집에 불이 나면 그것부터 챙길 참이다.

무엇보다도 글을 쓰면서 나 스스로 위로를 많이 받았다. 매일 비슷한 일상을 살고 있는 데다가 생활 반경이 좁아서 딱히 다른 글감이 없는 나는 한 달에 한 번, 그냥 내 마음 그대로를 고백했다. 가끔은 교수라는 직업 때문에 체면이 좀 신경 쓰이기도 했지만, 숨김없이 내 마음을 고스란히 내어 놓았다. 그런데 그렇게 하고 나면 못나고 삐뚤어진 나를 누군가 있는 그대로 받아 주는 느낌을 받았고, 그래서 내가 살아가는 방식을 부끄럽게 여기지 않고 조금은 더 떳떳하고 당당하게 살아갈 수 있는 자신감을 얻었다. 그런 의미에서 독자들은 나의 고해 사제였다.

며칠 전에는 한 중학생이 느닷없이 전화로 인터뷰를 청해 왔다. 학교에서 수행평가 과제로 장래에 자기가 갖고 싶은 직업을 가진 사람을 만나 보라고 했다는 것이다. 그런데 질문 중 하나가 '선생님은 외다리라는데, 외다리로 살아가는 게 많이 힘드시지 않습니까?'였다. 아마 어디서 내가 목발을 짚고 다닌다는 소리를 듣고 외다리로 생각한 모양이었다. 사실 내가 장애인은 맞지만 외다리는 아니라고 말하려다가 구태여 고쳐 주기가 뭣해서 그냥 '다른 사람들이 많이 도와줘서 별로 힘들지 않다'고 답했다.

따지고 보면 그것은 결코 거짓말이 아니다. 어차피 외다리와 마찬가지로 목발 없이는 걷지 못해 늘 남의 도움을 받으며 살기 때문이다. 몸뿐인가, 마음도 마찬가지이다. 휘청휘청 늘 중심을 못 잡고 살면서 어딘가 허전하고 기대고 싶은 외다리 마음이, '새벽 창가에서'에 기대어 손을 뻗고 함께 삶을 나누면서 중심을 잡았다.

그래서 이 엄청난 빚을 어떻게 다 갚아야 할지……. 요즈음 텔레비전에 나오는 사람들처럼 시치미 떼고 나 몰라라 하고 싶은 마음이 굴뚝같지만 그래도 〈샘터〉에 칼럼까지 썼던 사람이 그럴 수는 없고, 간난이 할머니처럼 앞으로 오랫동안 조금씩 분할해서 갚아 볼까 한다.

그리고 그 빚을 갚기 위해 남의 삶에 조금이나마 어떤 보탬이 될 수 있을까를 생각할 수 있다면, 나는 감히 그것을 '아름다운 빚'이라고 부르고 싶다.

그러지 않으려고 노력했지만 혹시라도 무심히 쓴 내 글이 단 한 사람에게라도 상처를 주었거나 누군가를 힘들게 했다면 용서를 빈다. 늘 의도와는 달리 남에게 용서받을 일을 하게 되지만, 성서에 "사함을 받은 일이 적은 자는 적게 사랑하느니라"(루가 7장 47절)라는 말이 있듯이, 그렇게 나의 잘못을 용서받으면 내가 더욱더 사랑을 잘할 수 있는 사람이 되고, 그래서 아름다운 빚을 갚을 의지를 더욱 다지게 될지도 모른다.

"독자 여러분, 칼럼 연재는 끝났지만 마음은 늘 여러분 곁에 머물 것입니다. 그리고 제 곁에도 항상 여러분이 함께한다는 것을 기억할 겁니다. 이제껏 우리가 함께 나눈 용기와 인내, 사랑에 관한 이야기가 제 마음의 샘터가 되어 외다리라도 넘어지지 않게 받쳐 주는 버팀목이 될 것입니다. 아름다운 빚을 지고 떠나기 전에 여러분께 마지막으로 고백합니다. 여러분, 고맙습니다. 그리고 사랑합니다."

2...

"아뇨! 못했지만 아주 잘했어요!"
즉 객관적인 점수는 '못했지만' 사랑하는 아빠에 대한 주관적 점수는
'아주 잘했다'는 '옥시모론'적인 답변이었다.
따지고 보면 우리는 모순형용법 구사가들인지 모른다.
서로 치고받고 싸우기도 하지만 또 서로 도와 가며 함께 어울려 살아가는
이 세상이야말로 제일 좋은 모순형용법의 예이다.

와, 꽃 폭죽이 터졌네!

얼마 전까지만 해도 눈이 오는 듯싶더니, 하룻밤 자는 사이에 갑자기 세상에 페인트칠을 다시 한 듯, 회색빛 세상이 현란한 색깔의 꽃 벽으로 변했다. 자세히 보면 마치 인상파 화가의 붓결처럼 나뭇가지마다 초록빛 점들이 찍혀 있다.

여동생 부부가 어디를 가야 할 일이 생기고 마침 어머니도 집을 비워야 해서, 가장 '융통성' 있는 스케줄을 가진 내가 이틀 동안 조카 건우의 공식적 보모로 발탁되었다. 결혼을 안 했으니 내 속으로 낳은 자식은 없지만 그래도 조카가 열씩이나 있다. 하지만 그저 시간 나면 잠깐 놀아 주거나 가끔 장난감 선물이나 줄 뿐, 내 스케줄에 얽매여 어린 조카들과 한 시간 이상 함께 보내는 일은 별로 없었다. 그러니 갑자기 아침에 깨워서 유치원에 보내고, 파하는 시간에 데려오고, 식사를 챙겨 먹이고, 밤에 책을 읽어 주고 재우는 데까지, 온종일 건우와 보낸 이틀은 아직도 기억에 남을 만큼 내겐 새로운 경험이었다.

무엇보다 나는 겨우 다섯 살밖에 안 된 어린아이가 온전한 하나의 인격체라는 사실에 놀랐다. 나름대로의 생각이 있고 자기 식대로의 방법이 있고, 그리고 자신의 생각을 아주 논리적으로 말로 표현했다. 진정한 의미의 '대화'를 할 수 있는 것은 물론, 일상적인 어휘력은 나의 수준과 같았다. 아니, 오히려 내가 모르는 단어도 많이 알고 있었다.

그런데 한 가지, 건우와 내 말투 사이에 다른 점이 있다면 감탄사였다. 건우는 말할 때마다 '와', '되게', '짱', '대따' 등 감탄사와 강조 부사를 많이 사용했다. 예컨대 "이모, 이 사탕 되~게 맛있어!", "와, 이모 저 로봇 짱 멋있지?", "이모, 나 이거 대따 재미있어!" 등등, 말끝마다 느낌표가 따라붙는 것이었다.

특히 자연에 대한 건우의 반응은 경이로움 그 자체였다. 흐드러지게 핀 백일홍 나무를 보더니 "이모, 빵! 하고 꽃 폭죽이 터졌나 봐! 와, 대따 예뻐!" 하지를 않나, 하늘을 보고는 "와, 이모, 저거 봐, 하늘 되게 크지? 와, 저 구름 좀 봐, 춤추는 하마 궁둥이 같아!" 하고 신기해하는 것이었다.

한번은 차로 강변도로를 달리는데 건우가 갑자기 강물을 가리키며 말했다.

"이모, 저 꼬불꼬불한 물, 되게 예쁘지?"

흘깃 보니 강물에 햇빛이 반사되어 반짝이고 있었다. 나는 건우가 '반짝반짝'과 '꼬불꼬불'을 잠시 헷갈려 하는 줄 알았다.

"물이 어떻게 꼬불꼬불해. 반짝반짝하다는 말이지?"

내가 운전을 계속하며 물었다.

"아냐, 자세히 봐, 반짝반짝하지만, 꼬불꼬불하잖아."

'자세히' 보니, 과연 수천 개, 수만 개의 작은 물결로 수면이 '꼬불꼬불'했다.

또 한번은 뜰에 구부리고 앉아 나무젓가락으로 땅을 쑤시던 건우가 말했다.

"이모, 이 작은 게, 점만 한 게 움직여! 와, 이것도 생명이 있나 봐! 와!"

다섯 살짜리의 어휘 속에 '생명'이라는 말이 들어 있는 것이 신기했다. 나뭇가지마다 빼곡히 핀 꽃도, 큰 하늘도, 뭉게구름도, 햇빛이 반사되는 수면도, 점만 한 생명도 내겐 너무나 익숙해서 하나도 새로울 것이 없지만, 이 세상에 태어나서 5년이 채 안 된 건우에게는 이 모든 것들이 다 놀랍고 경이로운 것이었다.

미국의 사상가 에머슨은, 우리는 모두 오감을 넘어선 어떤 초월적인 감각을 갖고 태어난다고 했다. 즉 누구나 본능적으로 이 세상의 아름다움을 보고, 동화하고, 감격하고, 환희를 느낄 수 있는 능력을 갖고 있다는 것이다. 이 '어린아이 마음'은 불행하게도 살아가면서 삶의 무게에 짓눌려 우리 속 깊숙이 숨어 버리기 일쑤이지만 아주 사라지는 것은 아니어서, 아무리 악한 사람이라도 마음속 어딘가에는 아름다운 것을 보고 감탄할 줄 알고, 불쌍한 것을 보고 동정할 줄 아는 여리고 예쁜 마음이 있다는 것이다.

언젠가 미국의 소년 갱생학교에서 사목하시던 신부님이 해주신 이야기가 기억난다. 강간범, 살인범 등 강력범만 수용되는 이곳에 하루는 어느 장난감 회사에서 봉사자들이 나와 함께 봉제완구를 만들었다. 헝겊 조각들을 이어 꿰매고, 솜으로 속을 채우고, 단추로 눈을 붙이고…… 원생들은 각자 하나씩 곰이며 토끼, 공룡 등을 만들었다.

밤이 되어 다시 독방에 감금된 청소년들에게 밤 인사를 하기 위해 신부님이 들렀을 때, 소년들은 모두 자신이 만든 봉제완구들을 곁에 두고 있었다. 첫 번째 방에는 토끼가 침대에 누워 있었고, 두 번째 방에는 소년이 침대에 앉아 봉제완구 곰에게 무언가 말을 하고 있었다. 세 번째 방에 들르니 이미 소년과 공룡이 머리를 맞대고 나란히 누워 잠들어 있었다.

네 번째는 마이클의 방이었다. 그런데 마이클의 토끼는 침대 옆 책상 위에 혼자 나동그라져 있었다. 신부님은 마이클에게 토끼와 함께 잘 거냐고 물었다. "미쳤어요? 장난감이랑 자게? 제가 다섯 살 난 어린앤 줄 아세요?" 마이클이 퉁명스러운 목소리로 대답했다. "아, 미안하구나. 난 그냥 책상에 혼자 있으니 네 토끼가 좀 외롭지 않을까 해서 말이야." 얼마 후 신부님이 다시 마이클의 방에 들렀을 때는 책상 위에 반듯이 눕혀진 토끼 위에 손수건 이불이 덮여 있었다.

우리는 때로 마이클처럼 마음속의 어린아이를 부끄러워한다. 아니, 무섭게 덤벼드는 세파와 싸워 이기고 살아남는 길은 내 속의 어린아이가 나오지 못하게 윽박지르고 숨기고, 딱딱하고 무감각한 마음으로 무장하는 것이라고 생각한다. 그러나 아무리 짓눌러도 우리 마음속 어린아이는 죽지 않는다. 아무리 숨겨도 가끔씩 고개를 내밀고 작은 일에도 감동하는 마음, 다른 이의 아픔을 함께 슬퍼하는 마음으로 우리 가슴을 두드린다. 아무리 무시해도 가끔씩 아름다운 세상을 보고 "와! 되게 예쁘다" 감탄하고, 함께 행복해하고 싶어 한다.

이 찬란한 계절은 오랜만에 한번 하늘을 쳐다보고, 주위를 둘러보고, 우리 마음속 어린아이가 자유롭게 "와!" 하고 감탄하도록 내버려두기 좋은 때 같다.

"와, 어디선가 빵! 하고 꽃 폭죽이 터졌네. 어디를 보나 꽃 천지네! 하늘은 너무너무 파랗고, 강물은 반짝반짝, 꼬불꼬불, 되게 예쁘네. 와! 세상은 참 아름답구나!"

'늦음'에 관하여

나는 자주 지각을 한다. 약속에 20~30분쯤 늦는 것은 보통이고, 자랑은 아니지만 한 시간 가까이 늦은 적도 꽤 많다. 기다리던 사람이 왜 늦었느냐고 물을라치면 이런저런 이유를 대지만, 대부분 평계인 경우가 많다. 회의가 좀 늦게 끝났다거나, 막 나오려는데 전화가 왔다거나, 때로 좀 더 강도 높은 변명이 필요할 때는 오는 길에 접촉 사고가 났다는 거짓말도 불사한다. 물론 진짜 이런 이유들로 지각하는 경우가 있기는 하지만 더 많은 경우, 내가 늦는 진짜 이유는 다른 데 있다.

이를테면 늦잠을 잤거나, 괜히 가고 싶은 마음이 생기지 않아 미적거리거나, 이제껏 하기 싫어 미루던 일을 약속 시간 바로 전에 새삼스러운 결의로 시작하거나, 또는 TV를 보다가 프로그램이 너무 재미있어서, 아니면 재미없어도 참고 이제껏 보고 있던 것이 억울해서 끝날 때까지 보려는 마음에서다. 아니, 때로는 잘 늦기로 평판이 나 있는 내가 정각에 도착하는 것이 괜히 자존심이 상한다거나 혹시 상대방이 나보다 늦게 도착하는 것을 미연에 방지하고자 하는 의도도 있다.

자주 늦는 버릇 때문에 간혹 나 스스로 곤경에 빠지거나 남들에게 민폐를 끼치는 적도 많다. 그래서 가능하면 고쳐 보려 하지만 워낙 고질적이라 생각만큼 마음대로 되지 않는다.

이런 성향의 원인으로 나는 첫째 유전적 요인을 꼽는다. 약속에 잘 늦는 것은 장씨 가문의 전통이기 때문이다. 원조 격인 아버지는 그 정도가 좀 심하셔서 약속 장소와 상관없이 두 시가 약속시간이면 두 시 즈음에 슬슬 세수를 하기 시작하셨다. 그런데 이씨 성을 가진 우리 어머니는 완전히 그 반대이시다. 약속 시간에 꼭 맞춰 가야 하는 것은 물론, 적어도 10분은 일찍 가서 기다려야 직성이 풀리는 성격이시다. 그런데 유전적으로 늦는 성향이 우성인지, 유감스럽게도 우리 여섯 형제는 모두 아버지 성격을 물려받았다.

그래서 우리는 어렸을 때부터 아버지의 솔선수범(?)하에 늦어도 별로 서두르지 않고, 구태여 양심의 가책을 받지 않는 편리함을 함께 익히며 자랐다. 장씨들이 줄줄이 늦는 것을 옆에서 보시는 어머니는 늘 노심초사, 애가 타셨지만 그래도 요새는 사위와 며느리나마 모두 당신과 같은 성향이어서 좀 위안을 얻으시는 듯하다.

그런데 여기서 명확하게 해둘 것은 '늦는 것'과 '느린 것'은 분명히 다르다는 점이다. 즉 우리 아버지와 형제들은 분명히 나와 다른 것이, 늦기는 하되 절대로 느리지는 않다는 것이다. 오히려 너무 빨라서 이것저것 많은 일을 하다가 늦는다. 손이 재고 걸음이 빠르고 동시에 여러 가지 일을 할 수 있는 능력을 갖추었기 때문이다.

그러나 내가 늦는 이유는 순전히 느리기 때문이다. 물론 육체적 조건 때문에 느리게 걸을 수밖에 없기도 하지만, 걷는 것 외에 글 쓰는 것, 책 읽는 것도 느리고 무슨 일을 해도 신속하게 처리하지 못한다.

어쨌든, 그래도 나의 습성을 익히 아는 내 주변 사람들은 모든 일에 내가 늦어도 그러려니, 너그러운 마음으로 이해해 주고 기다려 주기 때문에 이제껏 큰 불편을 모르고 살아왔다.

그제는 내가 오늘 LA로 간다는 것을 알게 된 한 고등학교 친구가 그곳에 사는 자기 동생에게 무슨 물건을 전해 달라고 부탁을 해왔다. 내심 귀찮기는 했지만 별로 짐이 많지 않으므로 그러마고 했고, 친구는 오후 네 시까지 내 연구실로 오겠다고 했다. 그런데 약속 시간이 30분이 지나도록 친구는 나타나지 않았다. 출국 준비 때문에 안 그래도 바쁘고 여러 가지 정리할 것도 많은데 시간이 지날수록 나는 점점 초조한 생각이 들었다. 한 시간이 지나고, 전화 연락도 안 되자, 나는 은근히 부아가 치밀어 올랐다.

"내 시간이 어떤 시간인데, 그냥 집에서 노는 자기 시간이랑 같아? 없는 시간 쪼개어 기다리는 것인데…….."

걸핏하면 남을 기다리게 하는 내가 남 기다리는 것은 참지 못하고 야비하게 내 시간, 네 시간까지 따지며 겨우 화를 달래고 있었다.

거의 여섯 시가 되어서야 헐레벌떡 들어온 친구는 미안하다고 백 배사죄하면서 늦은 이유를 설명했다. 치매에 걸린 시어머니를 모시고 사는데 조금이라도 한눈을 팔면 밖에 나가 길을 잃으신다는 것이었다. 그런데 잠깐 화장실 간 사이에 시어머니가 온데간데없어지셨고 온 동네를 뒤지다가 무턱대고 찻길로 가는 시어머니를 아슬아슬하게 구해 옆집에 잠깐 맡겨 놓고 달려왔다는 것이었다.

"정말 큰일 날 뻔했지. 노인네 그렇게 허무하게 가시면 난 어쩌라고…….."

말하면서 친구는 눈물까지 글썽였다. 머리 빗을 시간도 없었는지 산발을 하고, 본인은 모르는 모양이었지만 블라우스의 가운데 단추도 열려 있었다. '그냥 집에서 노는' 친구의 치열한 시간에 비해 갑자기 내 시간이 너무나 평화롭고 무료하게 느껴져서 한마디 불평도 않고 입을 다물었다.

어쨌든, 나는 지금 이 글을 LA행 비행기 안에서 쓰고 있다. 출국일은 부득부득 다가오는데 도무지 무엇에 대해 써야 할지 생각이 안 나서 최후의 순간까지 미루다가 아예 비행기 안에서 쓰기로 작정했던 것이다.

비행기 말이 나왔으니 말이지만, 천성적으로 잘 늦는 내게 제일 불편한 게 바로 비행기 스케줄이다. 나의 늦는 습성을 이해하고 기다려 주지 않기 때문이다.

오늘도 어머니의 독촉을 못 들은 척, 어영부영 시간을 보내다 탑승이 시작된 다음에야 겨우 인천공항에 도착했다. 허겁지겁 수속을 하고 겨우 비행기를 탔는데, 문제는 경유지인 일본의 나리타 공항에서 발생했다.

면세점 물건 구경을 한다고 조금씩 걸어가다 보니 너무 멀리까지 왔다 싶은 순간, 스피커에서 내 이름이 방송되고 있었다. 시계를 보니 이미 이륙 시간이 지나 있었다. 내 걸음으로 게이트까지 돌아가는 것은 불가능했다. 지나는 공항 직원에게 비행기를 놓치게 되었다고 설명하자 그때부터 마치 나리타 공항 전체가 특공 작전에 돌입한 듯했다.

우선 직원들이 서로 무전기로 연락해 가며 나를 휠체어에 태워 게이트로 데리고 갔다. 그러나 비행기는 터미널을 떠나기 위해 이미 브리지와 연결을 끊은 후였다. 직원 두세 명이 더 합세해서 무어라고 서로 긴박하게 말하더니 나를 휠체어에서 작은 간이용 의자로 옮겨 앉혔다. 그러고는 두 사람이 양쪽에서 내 의자를 들고 터미널 밖으로 나가 이미 이륙 준비가 끝난 비행기 쪽으로 갔다.

그곳에는 흡사 커다란 기중기와 같은 기계를 실은 차가 대기하고 있었다. 기중기가 내 의자를 허공으로 들어 올리자 비행기 옆쪽의 비상문이 열렸다. 의자에 앉은 채 기중기 끝에 매달려 비행기 비상문 안으로 들어서자 신기하게도 바로 내 지정석 옆이었다. 스튜어디스들의 도움으로 내가 좌석에 앉자마자 비행기는 움직이기 시작했다.

지금은 마치 아무 일도 없었다는 듯, 평화롭게 컴퓨터 자판을 두드리고 있지만 불과 한두 시간 전의 일이다. 그래도 일말의 양심은 있어서 너무나 많은 사람들이 오로지 나 때문에 동분서주하며 복잡한 과정을 거치는 것을 보고, 지금 내 마음은 고마움과 함께 이제 다음부터는 절대로 비행기 시간에 늦지 말아야지, 아니 비행기 시간뿐만 아니라 모든 약속에 절대로 늦지 말아야지 하는 결의에 불타오르고 있다.

'절대, 이젠 절대 늦지 말아야지……. 다시 또 늦으면 사람이 아니다!'

한데 불현듯 아까 서울을 떠날 때 공항 직원이 한 말이 생각난다.

"완전히 꼴찌로 오셨네요. 그런데 좌석은 일찍 온 분들보다 더 좋은 데가 되었으니 오히려 늦어서 이득 보셨네요."

앞으로 과연 나는 약속 시간에 늦을까, 안 늦을까? 나도 참 궁금하다.

못했지만 잘했어요

　영어에서 쓰는 수사법 중 '옥시모론oxymoron'이라는 게 있다. 영한사전에는 '모순형용법'이라고 해석되어 있는데, 서로 상반되는 의미의 단어를 병치하여 상황을 강조하거나 독자의 관심을 끄는 비유법이다. 예컨대 오래전 박정희 대통령이 암살당했을 때 〈뉴욕타임스〉의 헤드라인은 '작은 거인 암살당하다'였는데, 이것도 옥시모론의 일종이다. 즉 신체적으로는 작지만 권력이나 영향력 면에서는 거인이므로, 얼핏 보기에 서로 모순된 이미지이지만 함께 쓰여도 전혀 어색하지 않다. 오히려 듣는 사람의 환기를 불러일으키는 부수적 효과까지도 갖고 있다.

　또 다른 예로 아인슈타인과 같이 일반 사람들이 익숙한 일에는 서

투르고 자기 분야에서는 천재성을 발휘하는 사람을 이르는 '우둔한 천재'나 '어두운 빛'과 같은 이미지 묘사 또는 우리가 자주 사용하는 '다 아는 비밀'이라는 말도 따지고 보면 '모순형용법'의 일례이다.

수사법을 가르칠 때 학생들에게 소개하려고 혹시 예가 될 만한 표현을 접하면 적어 두기도 하는데, 얼마 전 무심히 텔레비전을 보다가 아주 재미있는 예를 발견했다. 일요일 밤에 방송되는 〈세상에서 가장 아름다운 여행〉이라는 프로그램인데, 각 분야의 전문가들이 희귀병을 앓고 있는 어린이의 치료와 가정적 문제를 도와준다.

몇 주 전 그 프로그램은 가난한 장애인 부모 밑에서 자라는 초등학교 5학년 진호를 소개했다. 나이에 비해 몸집이 아주 왜소한 진호는 작년까지는 건강했으나 올해 들어 모계 유전으로 조금씩 장애가 와서, 팔과 다리가 휘기 시작하고 있었다. 친구들과 함께 뛰어놀 수 없어 늘 말이 없고 학교에서도 외톨이에 잘 웃지 않는 아이였다.

우선 소아정신과 의사가 진호와 면담을 했다.

"몸이 불편해서 마음이 아픈 적이 있니?"

"항상 그냥 마음이 답답해요."

의사가 마음에 떠오르는 대로 그림을 하나 그려 보라고 하자 진호는 집과 나무 한 그루를 그렸다.

"이 나무가 지금 어떻게 느끼고 있을까?" 하고 의사가 묻자 진호는 대뜸 대답했다.

"외로워요. 그래서 슬퍼요."

자신의 외롭고 슬픈 마음을 그림 속 나무에 투사한 것이다.

전문가들은 늘 집에만 있는 진호 부모에게 다른 부모처럼 사회 활동을 할 것을 권했고, 신체 장애인인 진호 아버지는 주변의 도움을 받아서 직장 구하기에 나섰다. 또한 무언가 함께 가족 활동을 하는 것이 좋겠다는 조언에 따라 가족이 다 함께 볼링장에 가는 장면도 나왔다.

진호는 엄마 아빠와 함께하는 나들이가 신기하고 재미있는지, 얼굴에 화색이 돌고, 숨기려 해도 내내 입가에 웃음이 떠나지 않았다. 진호 아버지는 젊고 몸이 덜 불편했을 때는 볼링을 꽤 잘 쳤다며 아들에게 보여 주고 싶어 했다.

아빠는 아들 앞에서 열심히 볼링을 쳤다. 하지만 오랜만에 치는 볼링이 잘될 리 없었다. 열 개의 핀 중에 고작 대여섯 개 맞히면 잘하는 것이었다. 종합점수가 아주 낮게 나오자 진호 엄마가 민망한 표정으로 아들에게 말했다.

"아빠 잘 못했지, 안 그래?"

그러자 진호가 눈을 크게 뜨고 답했다.

"아뇨! 못했지만 아주 잘했어요!"

즉 객관적인 점수는 '못했지만' 사랑하는 아빠에 대한 자신의 주관적 점수는 '아주 잘했다'는, 진호의 '옥시모론'적인 답변이었다.

지금 생각해 보니 지난주에 어떤 장애인 단체의 모임에서 한 청각 장애인 사회자가 한 말도 바로 모순형용법이었다.

"우리는 볼 수 없지만 볼 수 있고, 들을 수 없지만 들을 수 있습니다. 육체의 눈으로 볼 수 없지만, 마음의 눈으로 다른 이의 기쁨을 보고 함께 기뻐할 수 있습니다. 육체의 귀로는 들을 수 없지만, 마음의 귀로 다른 이의 아픔을 듣고 함께 아파할 수 있습니다……."

주위 사람들의 배려로 친구도 생기고 성격도 많이 밝아진 진호를 보여 주며 TV 프로그램은 끝이 났다. "못했지만 잘했어요" — 진호의 훌륭한 모순형용법 구사가 기억에 남았다.

그런데 사실 따지고 보면 우리 모두 다 진호 못지않은 모순형용법 구사가들인지도 모른다. 정말 착한 마음을 먹었다가도 슬며시 '에라, 나만 착하게 산다고 누가 알아주나, 아무렇게나 살자' 나쁜 생각을 품기도 하고, 다시 '아니, 그래도 인간인데, 인간답게 살아야지' 하는 마음으로 돌아오기도 한다. 그뿐인가, 잘난 사람과 못난 사람, 볼 수 있는 사람과 볼 수 없는 사람, 기쁜 사람과 슬픈 사람 등 서로 다른 사람들끼리 치고받고 싸우기도 하지만, 결국 또 서로 보완하고 도와가며 함께 어울려 그런대로 한세상 잘 살아가고 있지 않은가. 그러니 이 세상이야말로 제일 좋은 모순형용법의 예이다.

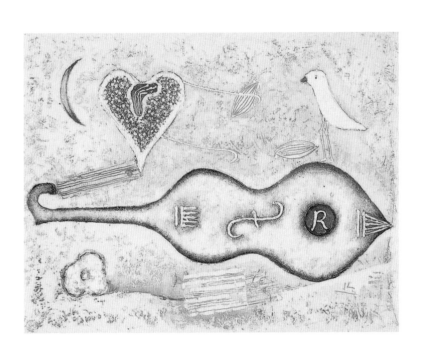

어머니의 노래

'어머니의 노래'에 대해 써달라는 청탁을 받았다. '어머니의 노래' — 새삼 생각해 보니 나는 이제껏 한 번도 어머니의 노래를 들어 본 적이 없다. 이 세상이 노래 부르며 살 만큼 호락호락한 곳이 아니라는 어머니 나름대로의 말 없는 항변이었는지, 아니면 여섯 남매를 키우시면서 노래 부르기 위해 숨 고를 시간조차 없으셨는지, 어쨌든 어머니는 노래를 부르시지 않았다.

생후 1년 만에 돌떡 만들 쌀 담가 놓은 채 40도가 넘는 고열에 시달리면서 나는 소아마비에 걸렸고, 겨우 눈만 깜박거릴 뿐 울음소리조차 내지 못하고 누워 있었다고 한다. 운명처럼, 십자가처럼 어머니는 나를 업고 10년 세월을 하루도 빠짐없이 종로의 어느 침술원에 다니셨다.

당시 우리는 서울 가회동의 한 작은 한옥의 별채에 세 들어 살고 있었는데 바로 옆에는 벽 하나 사이로 봉수가 살았다. 오빠와 비슷한 또래로 한 열대여섯 살쯤 되었을까, 한쪽 다리를 절고 병든 홀어머니를 모시고 살던 봉수는 아나운서가 되는 것이 꿈이었다. 우리 집에 놀러 올라치면 그는 언니와 오빠, 나를 나란히 앉혀 놓고 노래자랑이나 원맨쇼 비슷한 것을 했다.

"여러분 안녕하십니까? 노래자랑 시간이 돌아왔습니다"로 시작해서 첫 출연자는 꼭 '감격시대'를 불렀다.

"거리는 부른다, 환희에 빛나는 숨 쉬는 거리다. 미풍은 속삭인다, 불타는 눈동자. 불러라 불러라 불러라 불러라, 거리의 사랑아. 휘파람을 불며 가자, 내일의 청춘아……"

봉수는 정말 희망찬 '감격시대'의 꿈에 취한 듯, 눈을 치켜뜨고 손가락 장단을 맞춰 가며 신명나게 노래했다.

어느 여름날 침을 맞고 오는데 우리 집에서 중절모를 깊이 눌러쓴 키가 작고 뚱뚱한 사람이 걸어 나왔다. 자세히 보니 그 남자는 모자에서부터 스웨터, 양복에 이르기까지, 모두 아버지의 옷을 입고 있었다. 도둑은 뛰기 시작했으나 다리를 저는 데다가 너무나 옷을 많이 입어 뒤뚱거리며 잘 뛰지를 못했다. 어머니도 나를 업은 채 도둑의 뒤를 쫓기 시작했다.

"도둑 잡아요, 도둑!" 옷을 너무 많이 껴입어 제대로 뛰지도 못하는 도둑의 도주와 아버지의 단벌 겨울 양복을 찾으려는 어머니의 필사적인 추격이 시작되었다. 결국 어머니는 도둑을 잡았고, 내복까지 합쳐 모두 열몇 벌의 옷을 입은 그 도둑은 봉수였다. 봉수는 어머니 병환이 심해져서 병원에 가기 위해 도둑질을 했노라고 손이 발이 되도록 빌었다.

지금도 어머니는 노래를 부르시지 않는다. 그러나 '감격시대'는 번번이 어머니의 마음속에 옷 몇 벌 훔쳐 병든 어머니를 병원에 모시고 가려던 슬픈 도둑 봉수에 관한 연민을 일깨우곤 한다. 간혹 그 노래가 방송에 나오면 어머니는 혼잣말처럼 중얼거리신다.

"지금 봉수는 어디메서 뭘 하고 사는지. 개가 왼쪽 다리를 못 썼었잖냐. 그때 봉수를 잡지 말걸 그랬지……."

침묵과 말

가끔 홈쇼핑 채널을 보면 참으로 감탄스러운 적이 많다. '어쩌면 저렇게 말을 잘할까.' 별로 특이할 것도 없어 보이는 물건 하나를 두고도 한 시간씩 막힘없이 얘기하는 것을 보면 정말이지 감탄이 저절로 나온다. 화술은 타고나는 것이라 동료 교수나 학생들 중에도 부러울 정도의 달변가가 꽤 있다.

따지고 보면 나도 말을 잘, 아니 많이 하는 축에 속한다. 하는 일 자체가 언어라는 소통 수단 없이 불가능한 직업이기도 하지만, 가르치는 현장 밖의 생활에서도 생각나는 것은 먼저 말을 하고 보는 편이다. 그러다 보니 가끔은 해서는 안 될 말, 쓸데없는 말을 해놓고 후회하는 일도 있고 그럴 때마다 말을 아끼자 작정도 해보지만 다음 날이면 으레 또 생각나는 대로 말하고 끊임없이 수다를 떤다.

학생들과 상담할 때도 마찬가지다. 면담 기술의 제1원칙이 상대방의 말을 잘 들어야 하는 것이라지만 듣기만 하다 보면 답답해져 상담자보다 내가 더 말을 많이 하는 일이 허다하다. 그러다 보니 누가 누구를 상담하고 있는지 아리송해지는 경우도 있다.

그런데 말을 잘하는 것과 말을 많이 하는 것은 엄연히 다르다. 나는 말을 많이 하는 대신 말을 참 못한다. 생각을 여과 없이 말하려다 보니 말이 아주 빠르고(대학교 다닐 때 미국 신부님들은 내게 '급행'이라는 별명을 지어 주었다) 게다가 뒤죽박죽 논리가 없다. 강의 시간에도 대부분 '의식의 흐름'에 따라 말하기 때문에 학생들은 의욕적으로 내 말을 곧잘 받아 적기 시작하다가 중간에 길을 잃고서 펜을 들고 나를 멍하니 쳐다보기 일쑤이다.

새로운 대통령이 취임한 후 어느 분야에서나 '토론 문화'를 정착시키겠다고 선언했지만, 내게는 썩 불리한 일이다. 말 잘하는 사람이 그럴듯하게 말을 하면 나는 무조건 찬성하는 경향이 있어 냉철하게 분석하거나 따져서 반론을 제기하지 못하기 때문이다. 아니면 토론이 다 끝난 다음에야 적당한 반론이 생각나서 '그때 이런 말을 할걸' 하고 밤새도록 안타까움에 잠을 설치는 것이다.

사실 동서고금을 통해 '침묵은 금이다', '적게 말할수록 후회가 없다' 등 말은 적게 할수록 좋고 꼭 필요한 말만을 골라서 해야 한다고 무수히 강조해 왔다. 그러나 후회하지 않기 위해 꼭 필요한 말만 골라서 하고 침묵을 지키고 산다면 얼마나 무미건조하고 재미없는 세상이겠는가. 가끔은 실없는 소리를 해서 웃기기도 하고, 화가 나면 혼자 누군가를 향해 욕도 해보고, 실속 있는 결과가 없더라도 잡담을 나눌 수 있는 것이 세상 사는 재미 아닌가.

어쨌든, 이렇게 말하기를 좋아하는 내가 지난 사흘 동안 말을 할 수 없었다. 성대 부근에 무슨 돌기 같은 것이 나서 그것을 제거하는 간단한 수술을 했고, 적어도 사흘 동안 절대로 말을 하지 말라는 의사의 엄명이 있었기 때문이다.

말을 많이 하던 사람이 갑자기 말을 못 하게 되었을 때의 느낌처럼 불편하고 좌절스러운 것은 없다. 상대방의 말을 다 알아들으면서도 내 생각을 표현하지 못하니 소외감, 박탈감을 느끼는 것은 물론 내가 살아 있다는 사실이 왠지 허망하게 느껴지고 삶의 의미조차 희미해지는 것 같았다.

어제는 학교에 가야 할 일이 있어 운전을 하는 도중 갑자기 교통 신호가 파란불에서 빨간불로 바뀌었고, 옆 골목에서 갑자기 오토바이가 튀어나오는 바람에 급정거를 했다. 그 탓에 뒤에 있던 승합차가 내 차를 들이받았다. 충격이 얼마나 컸던지 머리가 천장에 닿을 정도였다. 승합차 운전사는 차에서 내리더니 다짜고짜 삿대질부터 했다.

"이 아줌마가 운전을 할 줄 아는 거야, 모르는 거야? 신호가 바뀌었다고 그렇게 급정거를 하면 어떡해?"

겉모습만 봐도 좀 사나워 보여서 나는 일단 주눅이 들었다. 내려서 보니 승합차의 전조등이 깨져 있었고 내 차의 범퍼 한쪽이 찌그러져 있었다. 법으로 따지면 이럴 경우 안전거리를 지키지 않은 뒤차 운전자의 과실이 명백하니, 나는 할 말이 너무나 많았다. 그런데 문제는, 내가 말을 할 수 없다는 것이었다. "적반하장도 유분수지 무슨 망발이냐"고 다그치고 합의금을 받아 내야 하는데 얼굴만 찌푸리고 입만 뻥긋거릴 뿐, 목소리를 낼 수가 없었다.

그 운전수는 내 목발과 얼굴을 번갈아 쳐다보더니 신체적 장애가 지능 장애까지 유발했다고 생각했는지 마치 세 살짜리 어린아이에게 말하듯이 천천히 또박또박, "차 별로 많이 상하지 않았으니 우리 따로 가서 고쳐요. 알았죠?" 하고는 그대로 차를 타고 쏜살같이 사라져 버렸다.

사흘간의 침묵 뒤에 나는 오늘부터 다시 자유롭게 말할 수 있게 되었다. 답답함을 넘어 고통스럽기까지 한 시간이었지만 내가 함부로 쏟아 내는 말, 말, 말의 소중함에 대해 다시 생각해 보는 계기가 되었다. 미국 소설가 앰브로즈 비어스는 '입은 남자에게는 영혼으로 들어가는 문이요, 여자에게는 마음이 나오는 문이다'라고 했다.

밤새 분하고 억울한 생각에 잠을 설치고 오늘 아침 일어나니 봄볕이 찬란하고 어느새 앞뜰의 목련과 진달래가 눈부신 꽃을 피워 냈다.

이 환하고 아름다운 세상 속에서 이제는 나도 말을 할 수 있다고 생각하니 내 마음속에 문득 너그러움이 용솟음친다. 그 승합차 운전자는 "에잇, 나쁜 놈" 욕 한 번 하는 것으로 용서하고, 이제는 그래도 침묵보다는 나은 말, 영혼과 마음이 전해지는 말을 해야겠다는 생각이 드는 것은 어제 차 사고 때 머리를 부딪힌 후유증 때문일까.

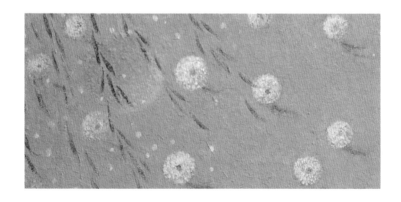

돈이냐, 사랑이냐

새 학기를 맞아 책상 정리를 하다가 책꽂이 뒤에 박혀 있는 작은 노트를 발견했다. 지난 학기 말에 그렇게 온 방을 다 뒤져도 찾지 못했던 수미의 일기장이었다. 영작 시간에 영어로 일기를 쓰게 했는데, 숙제를 걷어서 읽다가 수미 것을 잃어버려 결국은 돌려주지 못했다. 방 치우는 지루함을 달래기 위해 나는 잠깐 의자에 앉아 수미의 일기장을 다시 읽어 보았다. 어디까지나 영어로 글을 쓰게 하는 것이 목적이고, 내가 읽을 줄 뻔히 알면서도 학생들은 아주 솔직하고 충실하게 일기를 쓰는데, 수미도 예외는 아니었다.

2005년 5월 25일의 일기를 대충 우리말로 번역해 보면 다음과 같다.

'나에게는 남자 친구가 있다. 그리고 우리는 서로 사랑한다. 그러나 우리의 사랑에는 심각한 문제가 있는데, 둘 다 너무 가난하다는 것이다. 내 친구들은 자주 영화를 보러 가지만 우리는 돈이 없어 못 갈 때가 많다. 남들이 롯데월드에 갈 때 우리는 노고산에 가고, 남들이 '거구장(학교 옆의 큰 음식점)'에 갈 때 우리는 분식집에 간다. 그의 집이 너무 가난하고 식구가 많아서 그가 아르바이트해서 버는 돈까지도 어머니께 갖다 드려야 한다. 어디선가 '가난이 앞문으로 들어오면 사랑은 옆문으로 빠진다'라는 말을 보았다. 가난이 싫어서 어떤 때는 그와 헤어질까 하는 생각까지 든다.'

그리고 마지막에 수미는 괄호 속에 "선생님, 어떻게 하면 좋을까요?"라는 질문을 하고 있었다.

"중요한 것은 누구와 함께 있는가이지, 무엇을 먹고 어디를 가는가는 중요하지 않단다. 사랑하는 사람과 있으면 무엇을 하든, 어디를 가든 언제나 행복할 수 있을 거야. 오직 돈 때문에 지금 남자 친구와 헤어지면 먼 훗날 후회하게 될 거야. 돈이 사람을 행복하게 하는 것은 아니니까."

이것이 수미의 질문 밑에 써놓은 나의 답이었다. 마치 영원한 진리라는 듯, 단어 하나하나가 굵고 힘 있는 필체로 쓰여 있었다. 돌이켜보건대 그것을 쓸 때만 해도 난 선생으로서 내가 해주는 충고가 수미

의 삶에 큰 도움이 되리라는 데 추호의 의심도 없었다. 하지만 지금 다시 읽어 보니 왠지 마음이 편치 못했다. 그리고 내 안의 작은 목소리가 속삭였다.

'남의 인생이라고 함부로 말하고 있군. 어떻게 돈이 없어도 사랑만 있으면 행복하리라고 그렇게 단언하는가? 돈이 없는데, 진정 행복할 수 있을까? 수미는 네게 모든 것을 정직하게 다 털어놓았는데, 너는 지금 수미를 정직하게 대하고 있는가?'

자신 있게 '그렇다'라고 답할 수 없었다. 그저 선생의 체면상 그렇게 말해야만 할 것 같아 교과서적인 답을 써놓았을 뿐, 수미의 딜레마에 대해 심각하게 고민하고 답했다고 말할 수 없었다.

'사랑이냐, 돈이냐' — 무슨 신파극 제목 같지만, 따지고 보면 사랑과 돈은 영원불멸의 인생 주제이다. 선생으로서, 아니 인생 선배로서 수미에게 어떤 대답을 해줄 수 있을까. 수미에게 자신 있게 말했듯이, 나는 정말 돈 없이 행복할 수 있다고 믿는가?

나는 사는 데 불편하지 않을 정도의 수입이 있고, 그래서 돈에 관해 초연하다. 아니, 내가 돈에 대해 초연하다는 생각을 즐긴다. 그렇다고 무소유가 미덕이라고 생각한 적은 없다. 어차피 한세상 살다 가는 것인데 이왕이면 편하게 많은 것을 누리며 살다 가고 싶다.

홍수만 나면 휩쓸려 떠내려가는 판잣집보다 전망 좋고 멋있는 2층 집에서 살고 싶고, 탈탈거리는 경차보다 번쩍이는 중형차를 몰고 싶고, 싸구려 라면보다는 우아한 호텔 식당에서 비싼 스테이크를 먹고 싶다. 나는 절대로 햇살 한 줄기에 만족하는 디오게네스가 될 수 없고, 또 그렇게 되고 싶지도 않다.

유전무죄, 무전유죄라고, 돈 있는 사람들은 죄를 지어도 감옥에 가지 않으며, 돈이 있어야 병도 고치고, 돈이 있어야 공부도 하고, 미국 속담에 '빈 자루는 똑바로 서지 못한다'는 말이 있듯이 돈이 있어야 고개를 꼿꼿이 들고 자존심 내세우며 살 수 있다.

어제 오랜만에 찾아온 졸업생 기호는 최근에 부인 직장 때문에 강남으로 이사를 갔다고 했다. 지난 토요일에 부인과 아이 둘을 데리고 쇼핑을 나갔다가 구경 삼아 골프용품점에 들렀단다. 워낙 비싼 가격이라 살 의도는 없었지만 이것저것 구경하는데, 일곱 살 난 아들아이가 골프채 하나를 갖고 놀고 있었다. 그랬더니 주인이 다짜고짜 "이게 얼마나 비싼 것인데 함부로 갖고 노느냐"고 야단을 치더라는 것이다.

그때 명품 옷을 입고, 한눈에 봐도 돈이 좀 있어 보이는 부부가 기호의 아들과 같은 또래의 아이를 데리고 들어왔다. 그 아이가 골프채를 갖고 장난을 치자 주인이 다가가더니, "몇 살이지? 녀석, 잡는 폼이 그럴싸한데. 크면 최경주보다 더 잘하겠는데" 하더라는 것이다. 자신이 돈이 없어 설움 받는 것은 몰라도 아들이 '못난 애비' 때문에 차별 대우를 받는다고 생각하니 가슴이 아팠다고 했다.

다시 수미를 생각한다. 기호의 경험처럼 마치 머리에 더듬이가 달린 듯, 누구나 돈이 있느냐 없느냐를 즉각 감지하고 그에 따라 상대방에 대한 태도를 정하는 이런 세상에서, 앞문으로 들어오는 가난에 밀려 사랑이 옆문으로 새는 것을 막을 수 있을까.

수미 일기장을 돌려주기 전에 내가 쓴 문장을 어떻게 고쳐야 할지 난감했다. 결국 나는 그 일기장을 우편으로 보내기 전에 질문을 하나 덧붙였다. "수미야, 한번 가정해 보자. 아주 돈이 많지만 널 별로 사랑하지 않는 사람, 돈은 없지만 널 정말 좋아하는 사람, 즉 돈 없는 사랑, 사랑 없는 돈 중에 어느 쪽을 택하겠니?"

물론 돈과 사랑, 둘 다 있으면 좋겠지만 내 경험으로 보아 인생은 '이것 아니면 저것'의 선택일 뿐 결코 '둘 다'가 아니다.

내가 수미라면 그래도 나는 사랑 없는 돈보다는 돈 없는 사랑 쪽을 택하겠다.

파리의 휴일

　요새는 잘 쓰이지 않지만 내가 초등학교 다닐 때의 유행어 중에 '아더메치'라는 말이 있었다. 일종의 은어인데 '아니꼽고 더럽고 메스껍고 치사하다'의 줄임말이다. 사실 따지고 보면 이 네 개의 형용사가 거의 다 비슷한 뜻이지만, '치사하다'는 한마디 말로는 부족한 극도의 치사함을 표현하기 위해서 이렇게 번거롭게 네 개의 유사한 형용사를 연결시킨 것이다.

　'치사하다'를 사전에서 찾아보면 '남부끄러운 일이다'의 뜻으로 나와 있는데, 나의 우리말 지식의 한계 때문이겠지만, 솔직히 그런 뜻이 있는 줄 몰랐다. 내가 '치사하다'고 말할 때는 원하는 무언가를 충분히 베풀어 줄 수 있는 상황인데도 상대방이 지나치게 거드름을 피울 때이다. 사람 사이에서 부대끼며 살다 보면, 주변에 나보다 잘난 사람, 높은 사람이 얼마나 많은지 치사한 일이 한두 가지가 아니다. 군대에서도, 회사에서도, 학교에서도 그리고 이웃끼리도 하루에 몇 번씩 "에이, 더럽고 치사해서" 하고 땅에 침이라도 퉤퉤 뱉고 싶은 마음이 든다.

그렇게 하고 나면 '치사하다'는 말이 주는 어감 때문인지, 조금 속이 후련해지고 '잘 먹고 잘 살아라' 하고 포기하거나 자위하는 마음까지 얻을 수 있다. 그뿐인가. 때로는 "에이, 치사해"라는 말은 '내가 너만 못 하랴, 나도 어디 한번 해보자' 하는 마음으로 더욱 분발하게 만들기도 한다.

지난여름 나는 오스트리아의 빈에 살고 있는 동생네를 방문할 겸 가족들과 함께 유럽 여행을 했다. 빈에 짐을 풀고 막냇동생과 함께 이제껏 말로만 듣던 파리에 갔다.

초등학교 3학년, 다섯 살짜리 조카 둘까지 데리고 기차로 열네 시간을 달려 파리 역에 도착했는데, 기차 화장실이 너무 좁고 불편해서 내리자마자 화장실을 찾았다. 그런데 암만 둘러봐도 화장실처럼 생긴 곳이 없었다. 한참을 헤매다가 넓은 역사를 가로질러 가서야 겨우 화장실 표시를 찾았는데 반가운 것도 잠시, 입구에 조그만 전화 부스 같은 것이 있고 그 안에 사람이 앉아 있는 것이었다.

이상도 하지, 저 사람은 왜 하필이면 화장실 앞에서 기차표를 팔까, 의아해하면서 나는 급한 대로 화장실 손잡이를 잡아 흔들었다. 그러자 그 사람이 놀라 뛰어나오더니 눈까지 부라리며 뭐라고 핀잔 조로 말했다. 한참만에야 나는 그 사람이 화장실 지킴이고, 우리 돈 으로 약 500원을 내고 토큰 비슷한 것을 사서 넣어야 화장실 문이 열리게끔 되어 있다는 것을 알았다.

놀라움을 금할 수 없었다. 부자가 더 무섭다더니 가난한 나라도 아 니고 돈 많은 나라에서, 그것도 커다란 기차역에서 화장실 이용료를 받는다는 것은 나의 사고방식으로는 이해하기 힘들었다. 가방을 동 생에게 맡기고 간지라 나는 다시 역을 가로질러 가서 돈을 가져와서 야 겨우 문제를 해결할 수 있었다. 돈 없으면 화장실도 못 간다는 것 아닌가. 다른 것도 아니고 어쩔 수 없는 생리 현상인데, 화장실 앞을 지키고 앉아서 돈을 받다니 그렇게 치사한 일은 생전 처음이었다.

화장실 못지않게 치사한 것은 먹는 물이었다. 카페에서 식사를 해 도 물 한 컵 공짜로 주는 일이 없고, 작은 물병 하나에 우리 돈으로 4,500원씩이나 받았다. 기상 측정 이후 가장 더웠다는 이번 여름에 끊임없이 물을 들이켜다가 알뜰한 동생이 한 가지 생각을 해냈다. 슈 퍼마켓에 가면 물이 훨씬 쌀 것이라는 거였다.

그렇게 저녁 식사 후에 나와 조카들만 호텔에 남겨 두고 나간 동생 이 밤늦도록 감감무소식이었다. 다섯 살짜리 조카는 엄마를 찾으면 서 울고, 동생에게 연락할 길은 없고, 혹시 강도라도 만났나, 교통사

고라도 당했나, 아무런 연고도 없는 객지에서 나는 너무나 두려웠다.

나중에 알고 보니 나 못지않게 길눈이 어두운 동생은 슈퍼를 찾아 조금씩 간다는 것이 멀리까지 가게 되었고, 어두워지기 시작하는데 우리가 묵고 있던 작은 호텔의 위치도, 이름도 기억이 안 나서 찾아올 수가 없었다고 했다. 어쨌든, 그날 밤 동생은 물 다섯 병을 무슨 금괴나 되는 것처럼 가슴에 꼭 껴안고 네 시간 만에야 돌아왔고 그야말로 우리는 눈물의 상봉을 했다.

그러나 무엇보다 치사함의 정수는 그들의 언어적 자만심이다. 길에서 영어로 말하면 알아듣는 사람이 거의 없는 것은 물론이고 택시를 타도 영어를 할 줄 아는 기사가 별로 없는 데다, 루브르 박물관에서도 작품에 영어 제목 하나 붙어 있지 않다. 관광 수입은 수입대로 챙기면서 자기네 나라 오려면 자기 나라 말을 배워 오라는 심산이다.

그런데 사실 '치사하다'는 말에는 그 대상에 대한 부러움, 나 자신의 처지에 대한 자격지심이 담겨 있기도 하다. 유럽의 명소들을 돌아다니며 나는 감탄하지 않을 수 없었다. 그 웅대함, 화려함, 정교함, 아름다움은 나의 짧은 어휘로는 묘사를 불허했다. 우리 조상님들에게는 조금 죄송한 말이지만, 석굴암과 첨성대는 그 규모에 있어서 비교가 되지 않는다. 어떻게 인간의 힘으로 저렇게 지을 수 있었을까, 감탄이 저절로 나왔다.

다시 빈으로 돌아오는 기차 안에서 초등학교 3학년 조카가 물었다.

"이모, 파리에도 개선문이 있고 로마에도 개선문이 있는데 왜 우리나라에는 개선문이 없어?"

순간 나는 답변이 궁해졌다.

"우리나라에는 대신 동대문, 남대문이 있잖아."

"아, 그럼 동대문, 남대문이 개선문이야?"

"아니, 개선문은 아니고 그냥 대문이야."

한 번도 남의 나라를 침략하거나 정복한 적이 없고 고래 싸움에 새우 역할만 했으니 개선문이 있을 리가 없지 않은가. 조금은 기어들어가는 소리로 말하고 있는데, 동생이 끼어들었다.

"개선문이 뭐가 좋아? 힘없는 나라 침략해서 이겼다고 만든 건데. 동대문, 남대문이 훨씬 좋은 거야. 그리고 네가 크면 개선문보다 더 좋은 것 우리나라에 만들어. 알았지?"

조카에게 말할 때는 무엇이든 교훈적인 내용으로 바꾸는 동생의 기막힌 재능에 나는 슬며시 웃음이 났다. 물 다섯 병 안고 파리의 밤거리를 헤매다 이산가족 될 뻔한 것이 못내 억울한 동생의 교훈적 잔소리는 계속되었다.

"너, 치사하면 성공하라는 말 알지? 엄마가 비싼 돈 들여서 이렇게 유럽 여행시켜 주니까 나중에 훌륭한 사람 돼서 온 세계 사람들이 우리나라 찾아오고, 너도나도 할 것 없이 우리말 배우게 하고, 그렇게 해. 알았지?"

무위無爲의 재능

《과자와 맥주》라는 책에서 서머싯 몸은 한 여자 인물을 묘사하면서 다음과 같이 말하고 있다.

"그녀는 아무것도 하지 않을 수 있는 능력을 가지고 있었다."

'아무것도 하지 않을 수 있는 능력' — 역설적인 말이지만 그것도 하나의 능력이나 재능인 것만은 틀림없는 듯하다. 내 주변을 보면 한시라도 생산적인 일을 하지 않고 가만히 있으면 아주 안절부절, 초조해하고 불안해하는 사람들이 꽤 있다. 그런 사람들은 시간이 조금이라도 남으면 하다못해 층계라도 올라갔다 내려갔다 운동을 하거나, 그 시간을 이용해 책을 읽거나, 정 할 일이 없으면 괜히 시계를 보거나, 심지어는 주위 사람들에게 공연히 짜증을 내

기도 한다. 내 친구 중에는 자투리 시간이 날 때마다 뜨개질로 무엇인가를 짰다가 다 짜고 나면 풀어서 다시 짜는 이도 있다.

나는 딱히 이렇다 하게 내놓을 능력이나 재능이 없지만 다행히도(?) 이 '무위의 재능', 즉 아무것도 하지 않을 수 있는 능력만은 넘치게 가진 것 같다. 재능도 유전이라면 나는 돌연변이에 속하는데, 우리 부모님이나 형제들은 전혀 이런 재능과는 거리가 멀기 때문이다.

이북에서 내려오셔서 맨손으로 자식 여섯을 키우신 우리 부모님은 더할 나위 없는 부지런함의 표상이요, 우리 형제들도 마침 손에 잡힌 일이 없으면 일부러 찾아서라도 해야 직성이 풀리는 성격들이다. 그런데 나는 가만히 누워 하염없이 천장 벽지를 보면서 시간을 보내거나 책을 보다 졸거나 창밖을 보고 몽상에 잠기며 시간을 낭비해도 별로 죄의식이 느껴지지 않는다. 아니, 죄의식은커녕 제발 그런 시간이 오기를 고대한다.

그렇지만 하고많은 재능 중 하필이면 '무위의 재능'을 갖고 있다는 것을 크게 자랑스럽게 생각하는 것은 아니다. 정신없이 바쁘게 돌아가는 세상에 그런 재능은 별로 도움이 되지 않기 때문이다. 이 '능력' 때문에 어영부영 시간을 낭비하다가 걸핏하면 약속 시간에 늦고, 무슨 일이든 마지막 순간까지 미루다가 급하게 하니 만족스럽게 마무리하지 못하는 경우가 허다하다.

게다가 시간이 날 때마다 쓸데없는 공상을 하는 나는 건망증이 심하기로도 유명하다. 열쇠나 지갑을 잃어버리는 것은 다반사이고, 꼭 해야 할 일을 깜박 잊어서 큰 소동이 벌어지는 경우도 있다.

오늘 아침엔 머리 감을 때 샴푸 대신 무심히 비슷한 색깔의 병에 든 보디로션을 쓰면서 '무슨 놈의 샴푸가 왜 이리 거품이 안 나느냐'고 한참 동안 혼자 화를 냈다. 날 잘 모르는 사람들은 이런 일들이 혹시 치매의 초기 증상이 아니냐고 우려하지만, 그렇게 따지면 난 일생 동안 한순간도 치매가 아닌 적이 없다.

그래도 별로 크게 흉잡히지 않고 사는 것은, 아마 나의 직업 덕분이 아닌가 싶다. 일반적으로 교수라는 직업을 가진 사람들은 학문에 너무나 열중한 나머지 건망증도 심하고 공부에 너무 집중하다 보면 일상적인 일에서 여러 가지 실수를 하기 때문이다. 그런데 솔직히 말하면 나의 건망증은 학문적인 사고와는 별로 관계가 없다. 예컨대 회의에 갈까 말까, 머리를 오늘 자를까 내일 자를까, 가구를 재배치하는데 책상을 방 오른쪽에 둘까 왼쪽에 둘까 등 사소한 일들을 생각하느라 시간을 낭비하지, 내가 쓰는 논문 주제나 내가 가르치는 작품에 등장하는 인물 등에 대해 골똘하게 생각하느라 그런 경우는 별로 없다는 말이다.

어제는 마침 수업도 회의도 없는 날이라 아침에 늦게 일어나 나의 '무위의 재능'을 발휘하기 위해 감자 칩 한 봉지를 옆에 놓고 TV를 켰다. 올림픽 중계가 한창이었다. 육상, 양궁, 유도, 레슬링 등 각 종

목마다 선수들이 지난 4년 동안 피땀 흘리는 고된 훈련을 하며 쌓은 역량을 발휘하고 있었다. 나는 커다란 베개에 등을 대고 침대에 기대 반쯤 누운 자세로 한가롭게 감자 칩을 먹으며 남자 양궁 단체전을 보기 시작했다. 경기가 계속됨에 따라 나도 긴장이 되어 슬슬 손에 땀을 쥐고 집중하기 시작했다.

과녁을 향해 치열하게 부릅뜬 눈, 한순간에 목숨을 건 듯한 집중, 그야말로 숨 막히는 혈전. 선수들은 나라의 명예를 걸고 차례차례 시위를 당기고 있었다. 마지막 화살이 정확하게 과녁에 꽂히고 금메달이 확정되는 순간, 나도 모르게 환호성을 지르며 벌떡 일어나 앉았다.

그때 침대 옆 거울에 내 모습이 비쳤다. 집에 있을 때면 항상 입는 평상복 겸 잠옷을 걸치고 머리는 헝클어진 채 감자 칩 하나를 입에 물고 있는 나의 모습……. 혼신을 다해 자신의 모든 것을 걸고 사투를 벌이는 선수들의 모습과 너무나도 대조적이었다. 어린 그들이 최선을 다해 치열하게 뼈아픈 고통과 긴장을 겪는 시간에 나는 단지 아무짝에도 쓸모없는 '무위의 재능'만을 아낌없이 발휘하고 있는 것이었다.

엘리엇T. S. Eliot은 '아무것도 안 하는 것보다는 차라리 악을 행하는 것이 낫다. 그것은 적어도 살아 있다는 증거이니까'라고 말했다. 물론 아무것도 하지 않는 것보다 차라리 악을 행하는 게 낫다는 것은 너무 극단적인 표현이지만, 다른 말로 하자면 '아무것도 하지 않는 것'은 살아 있지 않은 것이나 마찬가지라는 말이다.

이제 무위의 재능에 탐닉하기에 딱 좋은 더운 여름이 지나고 청명하고 상쾌한 가을이다. 선수들의 모습을 귀감 삼아 나도 자리를 박차고 일어나 무엇인가 부지런히 건설적인 일을 해봐야겠다.

우선 마감을 사흘이나 넘겨 급하게 쓴 이 글을 마무리한 다음, 잠깐 누워 아무 일도 하지 않으며 좀 쉰 다음…….

무릎 꿇은 나무

민숙에게

    가끔 누군가의 뒷모습이 앞모습보다 더 정직하게 마음을 전한다는 생각이 든다. 아무리 얼굴은 웃고 있어도 짝사랑하는 연인을 오랫동안 기다리다 돌아서는 사람의 뒷모습은 어쩐지 금방이라도 무너질 듯 슬퍼 보이고, 짐짓 별것 아니라는 듯 숨기려 해도 지금 막 기쁜 소식을 들은 사람의 뒷모습은 어딘지 힘줄도 불끈불끈, 생동감 있고 기뻐 보인다.

    민숙아, 오늘 오후 내 연구실에 들렀다가 돌아서 가는 너의 뒷모습이 자꾸 눈에 밟혀 오늘 밤 네게 편지를 쓴다. 차라리 내 무릎에 얼굴을 묻고 "선생님, 저 어떡해요? 너무 힘들어요" 하고 슬퍼했다면 위로라도 했을 텐데, 그랬으면 내 마음도 좀 덜 아팠을지 모르는데, 괜찮다고, 걱정하지 마시라고, 잘 사는 모습 보여 드리지 못해 죄송하다고 활짝 웃으며 돌아서는 네 뒷모습은, 어쩐지 휘청휘청 위태롭고 온몸으로 펑펑 울고 있는 것 같았다.

　민숙아, 사랑하는 나의 제자 민숙아.

　한 사람의 삶에서 결코 길다고 할 수 없는 지난 5년 동안 네가 지나온 길은, 그래, 네가 말하듯이 아예 희미한 빛조차 없는 깜깜한 터널이었다. 내가 이제껏 가르친 그 어떤 학생보다 재능이 뛰어났고, 교수들 사이에서 이름은 몰라도 '공부 잘하는 학생'으로 통하던 너, 튀지 않으면서도 밝고 명랑하고, 겸손하면서도 똑똑하고, 무엇보다 마음이 따뜻하고 착해 늘 친구들을 다독거리던 너.

　좋은 집안에서 자라나 좋은 학교 나오고, 좋은 직장 들어가 그야말로 '정석'의 삶을 산 너는 좋은 사람 만나 어디로 보나 남보다 훨씬 멋지고 아름다운 삶을 살아가야 했다. 그리고 당연히 그렇게 살아갈 만한 자격을 갖추고 있었다. 졸업하자마자 첫 직장에서 사랑하는 사람을 만났고, 1년 만에 모든 사람의 축복을 받으며 결혼할 때, 그 누구도 네가 앞으로 살아갈 멋진 삶에 대해 추호도 의심하지 않았다.

　그런데 민숙아, 네가 결혼할 사람이라면서 그 사람과 함께 인사왔던 날을 기억하니? 내가 생각하던 대로 그 사람은 명문 대학 출신의 잘생긴 청년이었고 어디로 보나 완벽한 조건을 갖춘 신랑감이었다. 그런데 그날, 우리가 신촌의 어느 작은 음식점에서 점심을 먹을 때였어. 날씨가 더워서 식탁 옆에는 선풍기가 돌아가고 있었지. 식사를 하던 도중 그 사람은 마치 당연한 일을 한다는 듯, 벌떡 일어나 회전 중인 선풍기를 자기 쪽으로 고정시켜 놓는 것이었다. 민숙아, 이상하게도 나는 못내 그 선풍기가 마음에 걸렸다. 옆에 앉아 있는 네게 허락도 받지 않고 자기 쪽으로만 선풍기를 돌리던 그 사람이 왠지 불안했다. 그리고 결국 그는 네가 함께할 자리는 손톱만큼도 허락하지 않은 채 매사에 자기뿐이었고, 네게 상처만 남겼다.

그래서 너는 미국으로 유학을 떠났고, 선생으로서 나는 원래 공부에 재능과 관심이 있던 너니까 차라리 잘되었다고 생각했다. 경주를 몇 발자국 늦게 떠나도 너의 명민함과 부지런함으로 곧 다른 사람을 앞지를 것이라고 믿었다. 그렇지만 한번 빗나가기 시작한 삶은 자꾸 엉뚱한 데로만 치달아, 외로웠던 너는 그곳에서 다시 한 사람을 사랑하게 되었고, 새삼 돌이켜 기억하고 싶지 않은 많은 경험 끝에 넌 이 넓고 험한 세상에 두 살짜리 아기와 혼자 남게 되었구나. 아프고 지친 너는 이제 무심히 너를 지나쳐 앞으로 가는 사람들 뒤에 홀로 남아 이 무서운 삶을 살아 내야 한다.

정말 '불행'이라는 단어는 네게 어울리지 않는데, 내 눈앞에서 네가

'불행'해지는 것을 나는 속수무책으로 지켜보고 있을 수밖에 없었다.

며칠 전 네가 이메일에 썼던 글이 생각난다. 어차피 한 사람이 느끼는 행복의 양에도 한계가 있고 최고의 행복조차도 일정 시간이 지나면 별로 행복하게 느껴지지 않듯이, 한 사람이 느낄 수 있는 절망에도 한계량이 있는 모양이라고. 그래서 남들이 보기에 '불행'한 사람들도 어떻게든 살아가게 마련인 모양이라고. 예쁜 아가가 있어서 행복하고, 그런 아가를 위해 전에는 푼돈이었던 얼마간의 돈을 버는 게 소중하고, 그리고 이런 작은 축복들이 절망적이고 불행한 삶 속에서 더욱 빛을 발하더라고. 의연한 네 모습에 더욱 가슴 아팠다.

민숙아, 어디선가 읽은 이야기인데, 사람이면 누구나 다 메고 다니는 운명자루가 있고, 그 속에는 저마다 각기 똑같은 수의 검은 돌과 흰 돌이 들어 있다더구나. 검은 돌은 불운, 흰 돌은 행운을 상징하는데 우리가 살아가는 일은 이 돌들을 하나씩 꺼내는 과정이란다. 그래서 삶은 어떤 때는 예기치 못한 불운에 좌절하여 넘어지고, 또 어떤 때는 크든 작든 행운을 맞이하여 힘을 얻고 다시 일어서는 작은 드라마의 연속이라는 것이다. 아마 너는 네 운명자루에서 검은 돌을 몇 개 먼저 꺼낸 모양이다. 그러니 이제부터는 남보다 더 큰 네 몫의 행복이 분명히 너를 기다리고 있을 것이다.

또 하나, 꼭 네게 해주고 싶은 이야기가 있다. 로키산맥 해발 3,000미터 높이에 수목 한계선 지대가 있다고 한다. 이 지대의 나무들은 너무나 매서운 바람 때문에 곧게 자라지 못하고 마치 사람이 무릎을 꿇고 있는 듯한 모습을 한 채 서 있단다. 눈보라가 얼마나 심한지 이 나무들은 생존을 위해 그야말로 무릎 꿇고 사는 삶을 배워야 했던 것이지. 그런데 민숙아, 세계적으로 가장 공명이 잘되는 명품 바이올린은 바로 이 '무릎 꿇은 나무'로 만든다고 한다.

어쩌면 우리 모두는 온갖 매서운 바람과 눈보라 속에서 나름대로 거기에 순응하는 법을 배우며 제각기의 삶을 연주하고 있는 건지도 모른다.

민숙아, 너는 이제 곧 네 몫의 행복으로 더욱더 아름다운 선율을 연주하기 위해 연습을 하고 있는 거라고, 그러니까 조금만 더 힘내라고 ― 이것이 아까 네 뒷모습에 대고 내가 하고 싶었던 말이었다.

민숙아, 사랑한다.

내가 살아 보니까

오늘 아침 무심히 차에서 내리다가 문득 가을을 만났다. 언제 어디서 떨어졌는지 퇴색한 플라타너스 잎 하나가 동그마니 내 차 지붕 위에 얹혀 있었다. 어느새 비껴 내리는 햇살은 한껏 부드러워졌고, 스치듯 지나가는 바람 냄새는 풋풋했으며, 흰 구름 몽실몽실 피어 있는 하늘은 예사롭지 않게 푸르렀다. 새삼 정신을 차리고 유심히 둘러보니 이제는 나무 한 그루, 풀 한 포기마다 조금씩 소멸을 준비하는 모습이 완연했다. 아무런 생각 없이 하루하루 살아가는 내 마음이 이제는 차돌같이 굳어 아무런 틈새가 없는 줄 알았는데 웬걸, 문득 휑한 바람 한 줄기가 가슴을 훑고 지나갔다. 아, 가을이구나.

나무와 풀은 이 세상에서의 삶과 사랑이 치열했던 만큼 미련도 남고 아쉬움도 많으련만 이제 생명과의 이별을 저마다 다소곳하게 순명順命으로 준비하고 있었다. 온갖 시련에도 다시 추스르고 일어나 열매를 맺고, 마침내 스스로 마지막 순간을 준비하는 모습이 아름다웠다.

생각해 보면 나도 내 인생의 가을 문턱에 서 있다. 삶에 대한 애착이야 남겠지만 그래도 있는 날까지 있다가 내 시간이 오면 나무처럼 풀처럼 미련을 버리고 아름답게 떠나고 싶은 마음은 있다.

어제 TV에서는 우리나라의 빈부 차이를 보여 주는 특별 프로그램을 방영했다. 병이 들어 직업도 못 얻고 혼자 속절없이 죽어 가고 있는데도 단돈 100만 원이 없어 살던 집에서 쫓겨나야 하는 빈민촌 사람. 그런가 하면 골프 연습장까지 갖추고 있다는 강남의 어느 주상복합 아파트는 한 채에 20억을 호가해도 매물이 없어서 못 판다고 했다.

명품 핸드백에 중독에 가까운 증세를 보이는 어느 젊은 여자와의 인터뷰도 있었다. 방에는 온갖 명품 핸드백이 색깔별, 모양별로 가득 있었고 그것도 모자라 일본에서 발행하는 명품에 관한 잡지를 구독해 가면서 새로 나온 디자인을 구입한다고 했다. 최하 50만 원짜리부터 500만 원까지 하는 핸드백도 있었다. 왜 굳이 명품을 들고 다니느냐는 질문에 그 여자는 이렇게 대답했다.

"이걸 들고 다니면 사람들의 눈길이 느껴져요. 저를 쳐다보는……."

그 여자의 말에 나는 적이 놀랐다. 단지 다른 사람의 눈길을 느끼기 위해서 그 많은 시간과 돈을 투자하다니. 나는 목발을 짚고 다니는 덕에 누구나 다 처다보는지라 남의 시선이 별로 달갑지 않은데, 그 여자는 그 시선 때문에 그 많은 노력도 불사한다는 것이다. 물론 사람들이 그 여자를 처다보는 것은 부러워서이고 나를 처다보는 것은 불쌍해서라고 하겠지만, 내가 살아 보니까 사람들은 남의 삶에 그다지 관심이 많지 않다. 그래서 남을 처다볼 때는 부러워서든 불쌍해서든 그저 호기심이나 구경 차원을 넘지 않는다.

어렸을 때 우리 집 우산 하나가 살이 빠져 너덜거렸는데 그 우산이 다른 우산에 비해 컸기 때문에 어머니가 나를 업고 학교에 갈 때는 꼭 그걸 쓰셨다. 업혀 다니는 것도 자존심 상하는데 게다가 너덜거리는 우산까지……. 그래서 비 오는 날은 학교 가기가 끔찍하게 싫었다. 온 세상 사람들이 다 나를 처다보는 것 같았다. 하지만 모르긴 몰라도 그때 내가 찢어진 우산을 쓰고 다녔다는 것을 기억하는 이는 아마 지금 이 세상에 아무도 없을 것이다. 찢어진 우산이든 멀쩡한 우산이든 비 오는 날에도 빼먹지 않고 학교를 다니면서 공부를 했다는 사실만이 중요하다.

그래서 내가 그 여자에게 하고 싶은 말은, 내가 살아 보니까 정말이지 명품 핸드백을 들고 다니든, 비닐봉지를 들고 다니든 중요한 것은 그 내용물이라는 것이다. 명품 핸드백에도 시시한 잡동사니가 가득 들었을 수 있고 비닐봉지에도 금덩어리가 담겨 있을 수 있다. 물론 이런 말을 해봤자 사람들, 특히 젊은 사람들에게 이상한 궤변 말라고 욕이나 먹겠지만, 내가 살아 보니까 그렇다는 말이다.

내가 살아 보니 남들의 가치 기준에 따라 내 목표를 세우는 것이 얼마나 어리석고, 나를 남과 비교하는 것이 얼마나 시간 낭비이고, 그렇게 함으로써 내 가치를 깎아 내리는 것이 얼마나 바보 같은 짓인 줄 알겠다는 것이다. 그렇게 하는 것은 결국 중요하지 않은 것을 위해 진짜 중요한 것을 희생하고, 내 인생을 잘게 조각내어 조금씩 도랑에 집어넣는 일이기 때문이다.

나도 어렸을 때 주위 어른들이 겉모습, 그러니까 어떻게 생기고 어떤 옷을 입고가 중요한 게 아니라 마음이 중요하다고 할 때 코웃음을 쳤다. 자기들이 돈 없고 못생기고 능력이 없으니 그것을 합리화하려고 하는 말이라고 생각했다. 그렇지만 내가 살아 보니까 정말 그렇다. 결국 중요한 것은 껍데기가 아니고 알맹이다. 겉모습이 아니라 마음이다. 예쁘고 잘생긴 사람은 TV에서 보거나 거리에서 구경하면 되고 내 실속 차리는 것이 더 중요하다. 재미있게 공부해서 실력 쌓고, 진지하게 놀아서 경험 쌓고, 진정으로 남을 대해 덕을 쌓는 것이 결국 내 실속이다.

내가 살아 보니까 내가 주는 친절과 사랑은 밑지는 적이 없다. 내가 남의 말만 듣고 월급 모아 주식이나 부동산 투자한 것은 몽땅 다

망했지만, 무심히 또는 의도적으로 한 작은 선행은 절대로 없어지지 않고 누군가의 마음에 고마움으로 남아 있다. 소중한 사람을 만나는 것은 1분이 걸리고 그와 사귀는 것은 한 시간이 걸리고 그를 사랑하게 되는 것은 하루가 걸리지만, 그를 잊어버리는 것은 일생이 걸린다는 말이 있다. 그러니 남의 마음속에 좋은 기억으로 남는 것만큼 보장된 투자는 없다.

어차피 세월은 흐르고 지구에 중력이 존재하는 한 몸은 쭈글쭈글 늙어 가고 살은 늘어지게 마련이다. 내가 죽고 난 후 장영희가 지상에 왔다 간 흔적은 별로 없을 것이다. 어차피 지구상의 65억 인구 중에 내가 태어났다 가는 것은 아주 보잘것없는 작은 덤일 뿐이다. 그러나 이왕 덤인 김에, 있어도 좋고 없어도 좋은 덤이 아니라, 없어도 좋으나 있으니 더 좋은 덤이 되고 싶다.

하지만 아무리 내가 입 아프게 말해도 이 모든 것은 절대로 말이나 글로 배울 수 있는 게 아니다. 진짜 몸으로 살아 내야 깨달을 수 있다. 그래서 먼 훗날, 내가 이 땅에서 사라진 어느 가을날, 내 제자나 이 책의 독자 중 한 명이 나보다 조금 빨리 가슴에 휑한 바람 한 줄기를 느끼면서 "내가 살아 보니까 그때 장영희 말이 맞더라"라고 말하면, 그거야말로 내가 덤으로 이 땅에 다녀간 작은 보람이 아닐까.

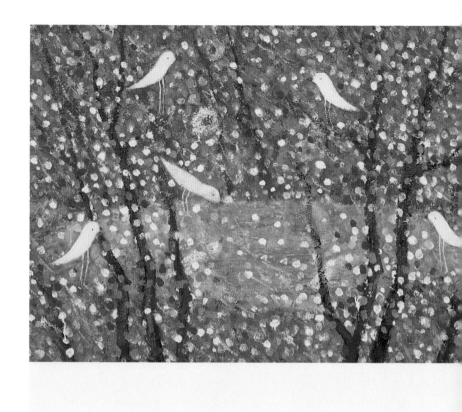

3...

"그렇게 야단법석 떨지 마라. 애들은 뼈만 추리면 산다."
아무리 운명이 뒤통수를 쳐서
살을 다 깎아 먹고 뼈만 남는다 해도 울지 마라,
기본만 있으면 다시 일어날 수 있다.
살이 아프다고 징징대는 시간에 차라리 뼈나 제대로 추려라.
그게 살 길이다.

살아온 기적, 살아갈 기적

〈샘터〉의 오랜 독자들은 나를 기억할지도 모른다. 2003년 12월 '아름다운 빚'이라는 글로 나는 당시 4년간 연재하던 '새벽 창가에서'를 닫았다. 그리고 꼭 3년 만에 다시 나타났다. '다시 나타났다'는 말을 쓰니 정말 홀연히 바람처럼 사라졌다가 불현듯 모습을 드러낸 느낌이 드는데, 어쩌면 그건 나의 '공백기'를 설명하기에 가장 적합한 말인지도 모른다.

3년 — 젊은 사람들에게 3년은 인생의 드라마를 창출할 만큼 긴 시간이다. 군에 입대한 남학생이 전역할 만한 시간이고, 새 신부가 아기 둘을 낳을 만한 시간이고, 신입 사원이 잘하면 대리가 될 수 있는 시간이고, 아, 그리고 우리 학생들을 보면 누군가를 만나 사랑하고 아픈 이별을 하고 또다시 사랑하는 사람을 만나고 하기에도 충분할 만큼, 3년이라는 기간은 의미심장할 수 있다.

하지만 내 나이에 3년이란 세월은 그렇지 않다. 신상에 무슨 커다란 변화를 기대하기보다 이미 오랜 세월에 걸쳐 설정된 삶의 자리가 그냥 '조금 더' 깊어지는 기간이다. '조금 더' 늙어 가서 '조금 더' 눈가에 주름이 잡히고 '조금 더' 내 살아가는 모습에 길들여지고, '조금 더' 포기하고 '조금 더' 집착의 끈을 놓고…….

그럼에도 〈샘터〉에서 사라졌던 지난 3년 동안 나는 내 인생의 가장 큰 변화를 겪었다. 칼럼을 닫고 나서 얼마 후에 척추암 선고를 받았고, 2004년 9월 8일 나의 영명축일에 갑작스레 병원에 입원했고, 2006년 5월 도합 스물네 번의 항암 치료를 마칠 때까지, 거의 2년에 가까운 시간을 긴긴 투병 생활로 보냈다.

돌아보면 그 긴 터널을 어떻게 지나왔는지 새삼 신기하지만, 이상하게도 나는 지난 3년이 마치 꿈을 꾼 듯, 희끄무레한 안개에 휩싸인 듯 선명하게 기억이 나지 않는다. 통증 때문에 돌아눕지도 못하고 꼼짝없이 침대에 누워 있던 일, 항암 치료를 받기 위해 백혈구 수치 때문에 애타던 일, 온몸의 링거 줄을 떼고 샤워 한번 해보는 것이 소원이었던 일, 방사선 치료 때문에 식도가 타서 물 한 모금 넘기는 것조차 고통스러워하며 밥그릇만 봐도 헛구역질하던 일, 그런 일들은 의도적 기억 상실증처럼 내 기억 한편의 망각의 세계에 들어가 있어서 가끔씩 구태여 끄집어내야 잠깐씩 회생되는 파편일 뿐이다.

그 세월을 생각하면 그때 느꼈던 가슴 뻐근한 그리움이 다시 느껴진다. 네 면의 회벽에 둘러싸인 방 안에 세상과 단절되어 있으면서 나는 참 많이 바깥세상이 그리웠다. 밤에 눈을 감고 있을라치면 밖에서 들리는 연고전 연습의 함성 소리, 그 생명의 힘이 부러웠고, 창밖으로 보이는 파란 하늘 아래 드넓은 공간, 그 속을 마음대로 걸을 수 있는 무한한 자유가 그리웠고, 무엇보다 아침에 일어나 밥 먹고 늦어서 허둥대며 학교 가서 가르치는, 그 김빠진 일상이 미치도록 그리웠다. 그리고 그런 모든 일상 — 바쁘게 일하고 사람들을 만나고 누군가를 좋아하고 누군가를 미워하고 — 을, 그렇게 아름다운 일을, 그렇게 소중한 일을 마치 아무 일도 아니라는 듯 태연히 행하고 있는 바깥세상 사람들이 끝없이 질투 나고 부러웠다.

하루는 저녁 무렵에 TV를 보는데 유명한 보쌈집을 소개하고 있었다. 보쌈 만드는 과정을 보여 준 다음, 손님 중 한 중년 남자가 목젖이 다 보이도록 입을 한껏 크게 벌리고는 큰 보쌈 하나를 입에 넣더니 양 볼이 불룩불룩 움직이게 씹어서 꿀꺽 삼키는 모습을 보여 주었다.

상갓집에 가면 보통 육개장, 송편, 전 등 자금자금한 음식들이 나오고 상추쌈이나 갈비찜 같은 음식은 나오지 않는다. 거기에는 이유가 있는데, 상갓집에서 입을 크게 벌리고 먹는 것은 죽은 사람에 대한 예의가 아니기 때문이라고 한다. 미련을 남긴 채 이 세상을 하직

하고 이제는 아무리 하찮은 음식일지라도 먹을 수 없는 망자 앞에서 보란 듯이 입을 쩍 벌리고 어적어적 먹는 것은 무언無言의 횡포라는 것이다.

보쌈을 먹고자 입을 크게 벌린 그 남자의 격렬한 식탐, 꿀꺽 삼키고 나서 그의 얼굴에 감도는 찬란한 희열, 그 숭고한 삶의 증거 앞에 나는 지독한 박탈감을 느꼈다. 그리고 마음속으로 다짐했다. 무슨 일이 있어도 바깥세상으로 다시 나가리라. 그리고 저 치열하고 아름다운 일상으로 다시 돌아가리라.

그리고 난 이렇게 다시 나타났다. 나의 본래 자리로 돌아왔다. 다시 강단으로 돌아왔고, 아침에 자꾸 감기는 눈을 반쯤 뜬 채 화장실에 갔다가 밥을 먹고, 늦어서 허겁지겁 학교로 가는 내 편안한 일상으로 돌아왔고, 이젠 목젖이 보이게 입을 크게 벌리고 보쌈도 먹고 상추쌈도 먹고 갈비찜도 먹는다. '어부'라는 시에서 김종삼 시인은 말했다.

바닷가에 매어 둔 작은 고깃배

날마다 출렁인다

풍랑에 뒤집힐 때도 있다

화사한 날을 기다리고 있다

(…)

살아온 기적이 살아갈 기적이 된다

사노라면

많은 기쁨이 있다.

맞다. 지난 3년간 내가 살아온 나날은 어쩌면 기적인지도 모른다. 힘들어서, 아파서, 너무 짐이 무거워서 어떻게 살까 늘 노심초사했고 고통의 나날이 끝나지 않을 것 같았는데, 결국은 하루하루를 성실하게, 열심히 살며 잘 이겨 냈다. 그리고 이제 그런 내공의 힘으로 더욱 아름다운 기적을 만들어 갈 것이다. 내 옆을 지켜 주는 사랑하는 사람들, 그리고 다시 만난 독자들과 같은 배를 타고 삶의 그 많은 기쁨을 누리기 위하여……

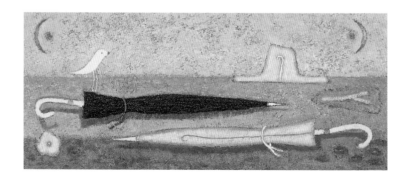

괜찮아

    초등학교 때 우리 집은 서울 동대문구 제기동에 있는 작은 한옥이었다. 골목 안에는 고만고만한 한옥 여섯 채가 서로 마주 보고 있었다. 그때만 해도 한 집에 아이가 보통 네댓은 됐으므로 골목길 안에만도 초등학교 다니는 아이가 줄잡아 열 명이 넘었다. 학교가 파할 때쯤 되면 골목은 시끌벅적, 아이들의 놀이터가 되었다.

    어머니는 내가 집에서 책만 읽는 것을 싫어하셨다. 그래서 방과 후 골목길에 아이들이 모일 때쯤이면 대문 앞 계단에 작은 방석을 깔고 나를 거기에 앉히셨다. 아이들이 노는 걸 구경이라도 하라는 뜻이었다.

    딱히 놀이기구가 없던 그때, 친구들은 대부분 술래잡기, 사방치기,

공기놀이, 고무줄놀이 등을 하고 놀았지만 나는 공기놀이 외에는 그 어떤 놀이에도 참여할 수 없었다. 하지만 골목 안 친구들은 나를 위해 꼭 무언가 역할을 만들어 주었다. 고무줄놀이나 달리기를 하면 내게 심판을 시키거나 신발주머니와 책가방을 맡겼다. 그뿐인가. 술래잡기를 할 때는 한곳에 앉아 있어야 하는 내가 답답해할까 봐 어디에 숨을지 미리 말해 주고 숨는 친구도 있었다.

우리 집은 골목에서 중앙이 아니라 모퉁이 쪽이었는데 내가 앉아 있는 계단 앞이 늘 친구들의 놀이 무대였다. 놀이에 참여하지 못해도 난 전혀 소외감이나 박탈감을 느끼지 않았다. 아니, 지금 생각하면 내가 소외감을 느낄까 봐 친구들이 배려해 준 것이었다.

그 골목길에서의 일이다. 초등학교 1학년 때였던 것 같다. 하루는 우리 반이 좀 일찍 끝나서 나 혼자 집 앞에 앉아 있었다. 그런데 그때 마침 골목을 지나던 깨엿 장수가 있었다. 그 아저씨는 가위를 쩔렁이며, 목발을 옆에 두고 대문 앞에 앉아 있는 나를 흘낏 보고는 그냥 지나쳐 갔다. 그러더니 리어카를 두고 다시 돌아와 내게 깨엿 두 개를 내밀었다. 순간 아저씨와 내 눈이 마주쳤다. 아저씨는 아무 말도 하지 않고 아주 잠깐 미소를 지어 보이며 말했다.

"괜찮아."

무엇이 괜찮다는 건지 몰랐다. 돈 없이 깨엿을 공짜로 받아도 괜찮다는 것인지, 아니면 목발을 짚고 살아도 괜찮다는 말인지⋯⋯. 하지만 그건 중요하지 않다. 중요한 것은 내가 그날 마음을 정했다는 것이다. 이 세상은 그런대로 살 만한 곳이라고, 좋은 친구들이 있고 선의와 사랑이 있고, '괜찮아'라는 말처럼 용서와 너그러움이 있는 곳이라고 믿기 시작했다는 것이다.

오래전 학교 친구를 찾아 주는 방송 프로그램이 있다. 한번은 가수 김현철이 나와서 초등학교 때 친구를 찾았는데, 함께 축구하던 이야기가 나왔다. 당시 허리가 36인치일 정도로 뚱뚱한 친구가 있었는데, 뚱뚱해서 잘 뛰지 못한다고 다른 친구들이 축구팀에 끼워 주려고 하지 않았다. 그때 김현철이 나서서 말했다고 한다.

"괜찮아. 얜 골키퍼를 시키면 우리 함께 놀 수 있잖아!"

그래서 그 친구는 골키퍼를 맡아 함께 축구를 했고, 몇십 년이 지난 후에도 김현철의 따뜻한 말과 마음을 그대로 기억하고 있었다.

괜찮아 — 난 지금도 이 말을 들으면 괜히 가슴이 찡해진다. 2002년 월드컵 4강에서 독일에게 졌을 때 관중들은 선수들을 향해 외쳤다.

"괜찮아! 괜찮아!"

혼자 남아 문제를 풀다가 결국 골든벨을 울리지 못해도 친구들이 얼싸안고 말해 준다.

"괜찮아! 괜찮아!"

'그만하면 참 잘했다'고 용기를 북돋아 주는 말, '너라면 뭐든지 다 눈감아 주겠다'는 용서의 말, '무슨 일이 있어도 나는 네 편이니 넌 절대 외롭지 않다'는 격려의 말, '지금은 아파도 슬퍼하지 말라'는 나 눔의 말, 그리고 마음으로 일으켜 주는 부축의 말, 괜찮아.

그래서 세상 사는 것이 만만치 않다고 느낄 때, 죽을 듯이 노력해도 내 맘대로 일이 풀리지 않는다고 생각될 때, 나는 내 마음속에서 작은 속삭임을 듣는다. 오래전 내 따뜻한 추억 속 골목길 안에서 들은 말 — '괜찮아! 조금만 참아, 이제 다 괜찮아질 거야.'

아, 그래서 '괜찮아'는 이제 다시 시작할 수 있다는 희망의 말이다.

너만이 너다

어제도 회의 때문에 시내로 차를 몰고 갔다가 어김없이 길을 잃어버렸다. 밤거리를 헤매다가 겨우겨우 집을 찾아오니 열한 시가 넘었고, 잡지사 원고 마감일이 한참 지나서 '목에 칼이 들어와도' 오늘 아침까지는 주겠다고 약속했지만, 너무 긴장했던지라 지치고 피곤해서 그대로 자버렸다. 매달 써야 하는 원고이니 시간 날 때 미리 써놓으면 좋으련만, 무슨 일이든 마지막 순간까지 기다리다가 이렇게 급박한 사태까지 오는 경우가 허다하다.

게다가 어제 회의 끝나고 호텔 뷔페에서 회식을 했는데 내 돈 내는 것 아니라고 욕심 사납게 이것저것 과식했더니 아침에 속이 몹시 불편해서 잠이 깼다. 원고를 쓰겠다고 컴퓨터 앞에 앉았지만, 없는 재주에 미리 준비도 안 한 글이 제대로 나올 리 없었다. 이메일을 체크하니 엎친 데 덮친 격으로 깜박 잊고 있던 서평 원고 독촉까지 와 있었다. 책을 읽기 시작한 지 벌써 일주일이 넘었는데 아직 채 반도 못 읽은 상태였다.

남들은 나이가 들어가면서 집중력이 좋아지고 성격이 진중해진다는데, 나는 오히려 그 반대인지 잡념이 많아져 책 한 권을 잡고 일주일을 넘기기 일쑤다. 서평 원고도 오늘 저녁을 넘기면 안 된다고 으름장을 놓으니, 책의 나머지 반을 대충만 읽고 마치 정독을 한 척하고 서평을 쓰는 수밖에 없다.

이럴 때의 나의 느낌은 ─ 내가 참 싫고 한심하다. 남들은 밤길도 야무지게 요리조리 빠져나가며 길을 잘 찾는데 나는 동서남북 가늠 못 하고 우왕좌왕하고, 무슨 원칙을 세워도 제대로 지키지 못하고, 뻔히 막판에 힘들 줄 알면서도 할 일을 악착같이 미루고, 연거푸 실수에 실수를 거듭하며 정신없이 헤매고 ─ 늘 최악의 상황까지 자초하면서, 언제 떨어질지 모르는 줄타기 광대처럼 간이 콩알만 해져서 살아가는 내가 한심하기 짝이 없다. 이렇게 방향 못 잡고 천방지축 살아가는 내게서 우리 학생들은 무엇을 배울까.

어쨌든 아무리 머리를 쥐어짜도 원고의 적당한 소재가 생각나지 않던 차에 얼마 전 어떤 책을 읽다가 글을 쓸 소재가 떠올라 쪽지에 메모해 둔 것이 생각났다. 꼭 그 쪽지가 있어야 원고를 쓸 수 있을 것 같아서 찾아볼 양으로 학교에 갔다. 그런데 내 연구실에서 그 쪽지를 찾는 것은 쓰레기 처리장에서 바늘을 찾는 일과 마찬가지였다. 안식년 끝내고 돌아와서 1년이 되었지만 아직도 방 정리를 못 해서 책상에 쌓인 책은 산더미요, 바닥에도 구석구석 종이 무더기가 어지럽게 널려 있다.

벌써 몇 달이 지난 일이지만, 지금도 조교들이 재미 삼아 얘기하는 일화가 있다. 작년 6월인가, 급박하게 한 시간 후에 있을 논문 심사에 대비해 학생 논문을 읽고 있다가 마침 날씨가 더워 연구실 문을 활짝 열어 놓았다. 그런데 어떤 청년이 들어와 아무 말 없이 무슨 신문 꾸러미 같은 것을 내 방에 두고 나갔다. 이상하게 생각했지만 워낙 논문 읽기가 급한 데다가 아마도 어떤 출판사에서 책이 배달되었나 보다 하고 생각했다. 그런데 2, 3분 있다가 그 청년이 다시 한 묶음의 종이 꾸러미를 내 방에 두고 나가는 것이었다. 하도 이상해서 이번엔 큰 소리로 물었다.

"저기요, 이게 뭐죠?"

그 청년은 뒤돌아서서 "할아버지가 여기다 두고 오라고 하셔서……" 하고는 다시 나갔다. 알고 보니 정년 퇴임하시는 선생님이 손자를 데리고 연구실 청소를 하시다가 폐지 뭉치들을 복도 끝에 있는 폐지 재활용장에 버리라고 시켰는데, 청년이 내 방을 보고 폐지 재활용장으로 착각한 것이었다. 웃어야 할지, 울어야 할지 ― 얼떨결에 폐지 재활용장 지킴이 아줌마가 되어 버린 것이다.

쪽지를 찾을 길이 막막한데 그때 마침 전화벨이 울렸다. 1년 전에 졸업한 효진이가 새해 안부 인사차 한 전화였다.

"그런데 선생님, 어디 아프세요? 목소리가 왜 그렇게 힘이 없으세요?"

"아니, 아프지 않은데……."

내가 말했다.

"그런데 어쩐지 선생님답지 않으세요."

"나답지 않다고? 나다운 게 뭔데?"

내친김에 내가 물었다.

"선생님다운 거요? 글쎄요…… 그냥 이 세상에서 one and only 장영희 선생님다운 거요."

고등학교까지 미국에서 나온 효진이가 웃음 밴 목소리로 영어를 섞어서 답했다. 이 세상에서 'one and only 장영희' ― 새삼 생각하니 아주 재미있는 표현이다.

이 넓은 천지에 유일한 단 한 사람 장영희, 이리저리 방향 못 잡고 헤맬 것이 뻔한데 그래도 포기하지 않고 다시 길을 떠나는 나, 이리저리 미루다가도 코너에 몰리면 그래도 한번 해보겠다고 덤벼 보는 나, 잃어버리고 잊어버리고 이런저런 실수투성이에 하루가 고달파도 이 세상에 장영희가 있어 조금은 보탬이 된다고 믿는 나, 이리저리 밉게 굴어도 결국은 미워할 수 없는 나다.

결국 찾던 쪽지는 못 찾았지만 파일 속에서 대신 어떤 잡지에서 오려 놓은 '나'에 관한 인용문이 적힌 쪽지가 눈에 띄었다.

- 모든 사람은 '이 세상은 나 때문에 창조되었다'라고 느낄 수 있는 권리를 가졌다. (탈무드)

- 당신이 동의하지 않는 한 이 세상 누구도 당신이 열등하다고 느끼게 할 수 없다. (엘리너 루스벨트)

- 스스로와 사이가 나쁘면 다른 사람들과도 사이가 나쁘게 된다. (발자크)

- 다른 사람만을 사랑하는 사람은 사랑할 줄 모르는 사람이다. (에리히 프롬)

• '너만이 너다' — 이보다 더 의미 있고 풍요로운 말은 없다.
(셰익스피어)

뼈만 추리면 산다

모르긴 몰라도 글 쓰는 사람이면 누구나 한두 번쯤 잡지나 신문으로부터 '내게 힘이 된 말' 또는 '내 삶을 바꾼 말'이라는 주제로 글을 써달라는 청탁을 받았을 것이다. 어려움에 봉착했거나 절망적인 일을 당했을 때 누군가 해준 말에 힘입어 다시 일어서거나 새롭게 희망을 찾은 경험담은 독자들에게 유익하면서도 재미있는 읽을거리가 되기 때문에 그만큼 자주 등장하는 주제이다. 실제로 다른 사람이 그 주제에 대해 쓴 글들을 읽어 보면 정말 감동적이고 살아가는 데 귀감이 되는 좋은 말들이 많다.

하지만 나는 그런 주제의 청탁을 받을 때마다 참 난감하다. 아무리 머리를 쥐어짜도 '내게 힘이 된 말'이 무엇인지 생각나지 않는 것이다. 내가 힘들고 아플 때 많은 사람들이 나를 위로해 주었지만, 구태의연한 말로 듣거나 아예 흘려듣기 일쑤였기 때문이다. 난 애당초 남의 말을 귀담아듣고 전기에 감전된 듯, 아, 바로 이거다 하고 갑자기 희망이 불끈 솟거나 삶의 의지를 되찾을 만큼 그렇게 '깨어 있는' 인간 유형에 속하지 못한다. 그저 무심히 들으며 그냥 그런가 보다, 날 위로하는 말이겠거니 하고 금방 잊어버리곤 하는데, 그럼에도 남이 다 갖고 있는 '힘이 되는 말'이 없다는 것은 학교 다닐 때 친구들이 다 갖고 있는 참고서를 나만 가지고 있지 않은 것처럼 박탈감을 느끼게 했다.

그런데 한 보름 전에 어느 월간지에서 그 주제로 글을 써달라는 청탁을 받았다. 장애 관련 작은 잡지였는데 하도 간곡하게 부탁해서 거절하기가 무엇한 데다가 나름대로 이번에는 기필코 나도 한번 이 주제에 대해 써보겠다고 작정, 청탁을 수락했다. 그러고 나서 고민에 고민을 거듭했지만 역시 마땅한 말이 생각나지 않았다. 일부러 다른 사람들의 말을 귀 기울여 들으면서 '혹시 저 말이 내게 힘이 되지 않을까?' 하고 끝없이 자문해 보았지만 결국 답은 '별로'였다.

한데 며칠 전 차를 타고 가는데 마침 어떤 라디오 프로에서 청취자들에게 똑같은 질문을 하고 있었다. 혹시 내게도 '힘이 되는 말'이 나올까 싶어 열심히 경청했다. 어떤 청취자는 신입 사원 시절 회사에 잘 적응하지 못해 그만두려 했는데 "난 너의 가능성이 보이는데 넌

안 보이니?"라는 한 선배의 말에 다시 회사에 남을 용기를 얻었고, 또 한 사람은 실직 상태에 있을 때 "개구리가 멀리 뛰려면 움츠렸다가 뛰는 거야"라는 말이 너무 고맙고 힘이 되었다고 회상했다.

또 어떤 청취자는 자신이 어떤 일을 했을 때 한 후배가 "사람이 되십시오" 했는데, 그것이 자기 삶의 모토가 되었다고 했다. '사람이 되십시오.' 사람이면 사람으로서의 기본이 있는데 그것을 지키며 사람답게 살라는 말이다. 아주 중요한 말이고 좋은 충고지만, 사실 나는 그 청취자의 인품에 더 감동했다.

사람이 되라는 말은 지금은 사람이 아니라는 걸 전제로 하는, 아주 모욕적인 언사가 될 수 있는데, 그것도 윗사람이 아닌 후배에게 그런 말을 듣고도 불쾌하기는커녕 다시 힘을 얻을 수 있었다면 그 청취자는 이미 다시 '사람'이 될 필요가 없는 훌륭한 사람일 것이다. 만약 내가 그런 말을 들었다면 "너나 사람이 되라!"고 쏘아붙이며 평생 철천지원수로 생각했을 것이다.

그중 제일 인상 깊은 것은 한 삼십 대 청취자가 한 말이다. 말썽 부리고 방황하던 십 대 때 어머니가 부르더니 단 한 마디 "그냥 그렇게 살다가 죽어라"라고 말씀하셨다고 했다. 그 말이 너무나 무섭게 들렸고, 자기의 일생을 바꾼 계기가 되었다고 했다. '그냥 그렇게 살다가 죽어라.' 아닌 게 아니라 정말 무서운 말이다. 지금 그대로, 아무런 변화 없이, 의미 없이, 이 세상에 해만 끼치며 살다가 모든 사람들이 박

수 치는 가운데 죽어 버리라는 말이다. 그 말을 듣고 정말 그렇게 살다가 죽을까 봐 열심히 노력해서 지금은 버젓한 사회인이 되었다고 했다. 그 어머니는 충격 요법으로 아들의 길을 찾아 준 셈이다.

다 재미있고 의미 있는 말들이지만, 딱히 '내게 힘이 되는 말'이라고 명명할 만큼 힘이 되지는 않았다. 결국 나는 다른 주제의 글을 써서 잡지사에 주었고, 그것이 바로 어제 일이다. 그런데 늘 뒷북치는 것이 내 인생 패턴인지라 나는 오늘에서야 '아, 이것에 대해 쓸걸' 할 만한 말을 들었다. 바로 우리 어머니로부터다.

오후에 여섯 살짜리 조카가 뜰에서 놀다가 무언가에 걸려 넘어져 무릎을 다쳤다. 아이가 큰 소리로 울자 동생 부부가 동시에 맨발로 뛰쳐나가 아이를 안고 들어와서는 허둥댔다. 동생은 아이를 꼭 껴안고 어쩔 줄 몰라 눈물을 글썽이고 동생 남편은 당황해서 연고 찾는다고 이리저리 서랍을 뒤지느라 분주했다. 그때 어머니가 차분하게 말씀하셨다.

"그렇게 야단법석 떨지 마라. 애들은 뼈만 추리면 산다."

뼈만 추리면 산다 ― 성품이 온화한 어머니에게 어울리지 않는 과격한 말씀이다 싶어 슬며시 웃음이 났지만 얼핏 그것이 어머니의 삶의 방식이라는 생각이 들었다.

아무리 운명이 뒤통수를 쳐서 살을 다 깎아 먹고 뼈만 남는다 해도 울지 마라, 기본만 있으면 다시 일어날 수 있다. 살이 아프다고 징징

거리는 시간에 차라리 뼈나 제대로 추려라. 그게 살 길이다.

그것은 삶에 대한 의연함과 용기, 당당함과 인내의 힘이자 바로 희망의 힘이다. 그것이 바로 이제껏 질곡의 삶을 꿋꿋하고 아름답게 살아오신 어머니의 힘인 것이다. 그리고 어쩌면 어머니가 무언으로 일생 동안 내게 하신 말씀이었고, 내가 성실하게 배운, 은연중에 '내게 힘이 된 한마디 말'이었을 것이다.

이제부터는 '내게 힘이 되는 말'을 말하라면 나도 할 말이 있다. 그리고 지금 절망스럽고 어려운 처지에 있는 학생이 찾아와 힘들다고 말하면 난 이렇게 말해 줄 것이다.

"애, 뼈만 추리면 살아. 살아라!" 하고.

진짜 슈퍼맨

글을 쓸 때마다 제일 고민되는 것은 마무리다. 글이란 하나의 '나눔'인데, 그냥 싱겁게 내 개인적인 이야기로 끝내기보다는 일부러 시간 내어 글을 읽어 주는 독자들에게 무언가 의미 있고 한 번쯤 삶을 돌이켜 볼 수 있는 메시지를 남겼으면 하는 바람이 있는데, 그것은 내 글재주로는 여간 어렵지 않기 때문이다. 그래서 내가 '아, 이것은 독자들과 나누어야겠다' 하고 글감을 찾는 기준은 어떻게 끝마무리를 할 것인가에 대한 아이디어가 있느냐 없느냐에 달려 있기도 하다.

몇 년 전 어느 잡지에서 영화 〈슈퍼맨〉의 배우 크리스토퍼 리브에 관한 글을 읽은 적이 있다. 영화 속에서 초인적인 육체와 힘의 상징이었던 그가 승마를 하다가 낙상하여 척추를 다쳤고, 이제는 전신마비 중증 장애인이 되어 힘겹게, 그렇지만 용감하게 새로운 삶에 적응해 가고 있다는 내용이었다. 그때 나는 언젠가 리브에 관해 글을 써야겠다고 생각했다. 그리고 그 글은 '그는 이제 영화 속의 슈퍼맨이 아니라 진짜 슈퍼맨이 되었다'라고 마무리할 참이었다.

그런데 며칠 전 도서관에서 자료를 뒤지다가 우연히 오래된 〈타임〉지에서 리브에 관한 인터뷰 기사를 보게 되었다. 마침 이번 달 글감을 찾고 있던 중이라 옳다구나 하고 반갑게 기사를 읽기 시작했다. 하지만 나는 실망하지 않을 수 없었다. 기사 첫머리에서 리브는 이렇게 말하고 있었다.

"사람들이 '당신은 이제 영화 속의 슈퍼맨이 아니라 진짜 슈퍼맨이 되었다'라고 말할 때마다 저는 무척 언짢습니다. 죽지 못해 사는 게 슈퍼맨이라면, 그래요, 전 슈퍼맨이지요. 그러나 환상 속이 아니라 현실 속의 슈퍼맨이 되는 것은 너무나 힘겹습니다. 왜 저의 상처에도 역할이 주어져야 하는지요."

나의 글 마무리 계획은 수포로 돌아갔지만, 이해가 되고도 남는 말이었다. 갑자기 맞닥뜨린 장애 자체만도 너무나 견디기 힘겨운데, '슈퍼맨'이라는 상징적 역할로 그를 정의하고 기대를 거는 사람들이 무척이나 부담이 되고 버거웠을 것이다. 인터뷰 기사를 계속 읽어 내려가다 나는 내 친구 윤이를 떠올렸다.

'김윤'. 아마 1970년대에 대학에 다닌 사람들이라면 긴 생머리를 하나로 땋고 다홍치마 분홍 저고리를 입고 언제나 홍일점으로 감옥에 들락거리던 서강대 영문과 학생 김윤을 기억할 것이다. 심장이 약했던 윤이와 나는 입학 때 나란히 신체검사에 불합격해 몇 번의 재검을 받으며 친해졌고, 대학 1학년 내내 함께 다녔다. 걸핏하면 휴교령이 내려지고 탱크가 학교 정문을 지키고 있던 시절, 그녀는 우리 시대의 잔 다르크처럼 민주주의를 위해 싸우기 시작했고, 중앙정보부에 요주의 인물로 찍혀 걸핏하면 체포되어 옥살이를 했다.

내가 유학을 떠날 무렵 그녀는 아예 학교를 자퇴하고 농촌으로 내려가 전기도 들어오지 않는 산골 마을에서 농사를 지으며 농촌 운동을 시작했다. 20년도 넘은 이야기지만, 경상남도 거창에서 딸과 함께 그런대로 행복한 생활을 하던 윤이는 2년 전, 예전에 감옥에서 얻은 병의 후유증으로 전신마비 뇌졸중에 걸려 외롭게 투병 생활을 하고 있다.

그 윤이를 기회가 되어 거의 8년 만에 처음 만났다. 약속 장소로 들어오는 윤이의 모습을 보고 나는 내심 경악했다. 윤이는 지팡이를 짚고 중학생 딸에게 의지한 채 온몸을 떨며 한 발짝, 한 발짝을 아주 힘겹게 내딛고 있었다. 나이보다도 더 늙고 초췌해 보이는 그녀에게 나는 무슨 말을 어떻게 꺼내야 할지 몰랐다. 그렇지만 그것은 기우였다.

"몇 년 만이지? 너무 오랜만이다!"라고 함박웃음과 함께 먼저 말을 꺼내는 윤이는 바로 내가 아는 윤이, 밝고 똑똑하고 당차고 의지 강한 스무 살의 잔 다르크 윤이 그대로였다. 나라의 자유를 위해 싸우던 투지를 지금 자신의 생명과 육체의 자유를 위해 바치고 있을 뿐이었다.

우리는 많은 이야기를 나누었다. 수술을 받고 나서 겪어야 했던 많은 후유증, 이제 장애인이 되어야 한다는 충격, 그 와중에도 수없이 만났던 고마운 사람들……. 그러다가 그녀는 어느 날 병원에서 겪었던 경험에 대해 이야기했다. 하루는 딸이 학교 간 사이 병실에 혼자 남았는데 몸을 뒤척이다가 그녀의 심장과 커다란 기계를 연결하는 튜브 하나가 떨어졌다고 한다. 간호사는 불러도 오지 않았다.

"순간 나는 이제 죽는구나 생각했어. 가만히 누워 죽기를 기다리는데 눈물이 좀 났지. 그리고 문득 딸에게 '미안하다'고 말하고 싶어졌어. 다른 사람들에게도. 왜 미안하냐고? 나도 몰라. 그냥 잘 싸워 주리라는 기대를 저버려서, 싸움에서 이기지 못해서……."

놀랍게도 윤이가 한 말은 인터뷰에서 리브가 한 말과 같았다.

"한번은 이렇게 살아서 무엇하나. 그냥 이대로 죽어 버리는 게 낫겠다 싶었죠. 그런데 갑자기 너무나 창피하고 부끄러운 생각이 들었습니다. 의지의 싸움에서 실패해서, 싸움에 이기지 못하고 포기해서……."

리브는 앞으로 미국의 전신마비 장애인들의 대변인이 되겠다는 꿈을 밝혔다. 그리고 목숨 걸고 열심히 운동해 5년 후인 그의 50회 생일에는 그를 도와준 모든 사람 앞에 자신의 두 발로 서서 술잔을 높이 들어 올리겠다고 했다.

윤이도 꿈이 있다. 방송통신대에 들어가서 법학을 공부하고 사법고시에 도전하겠다고 했다. 합격하면 장애인 관련 법률을 공부해서 자신을 필요로 하는 장애인들을 돕겠다고 했다.

이 글을 어떻게 마무리할 수 있을까. 리브가 싫어해도 할 수 없다. 이 글을 마무리할 수 있는 말은 단 한 가지 — 과거에 그들이 환상 속의 슈퍼맨이었다면 이제 그들은 진짜 슈퍼맨이 되었다. 우리 보통 사람들은 오래된 상처까지 이리저리 들추어내고, 그 상처가 없어질세라 꼭 끌어안고, 자신은 상처투성이라 아무것도 못 한다며 눈물 흘리고 포기하는데 이들은 여전히 꿈과 희망을 말하고 있기 때문이다.

2001년에 썼던 이 글이 참 새삼스럽다. 리브도, 윤이도 지금은 이 세상 사람이 아니다. 하지만 이번엔 내가 '진짜 슈퍼맨'이 되기 위해서, 내 가족들, 내 학생들 그리고 내 독자들의 '잘 싸워 주리라는 기대'를 저버리지 않기 위해서, 그들이 했던 용감한 싸움을 계속한다.

결혼의 조건

　지난 3월에 결혼하고 한동안 소식이 없던 영미가 오랜만에 메시지를 보냈는데 사뭇 심각한 고민을 털어놓고 있었다. 남편과 사사건건 의견 충돌이 있어 걸핏하면 말다툼을 하고 며칠 동안 말도 안 하고 지낸다고, 달콤하리라고 꿈꾸었던 결혼 생활이 달콤하기는커녕 씁쓸하기만 하고 결혼이란 것이 그렇게 자유를 얽매는, 아니 아예 자신을 포기해야 하는 것인 줄 몰랐다고, 알았다면 아예 결혼을 하지 않았을 것이라고 했다. 그리고 영미는 "선생님, 저희는 서로에 대한 기대치가 너무나 달라요. 사랑해서 결혼했다고 생각했는데 제가 일생을 함께할 수 있는 사람을 제대로 선택했는지 이제 와서 회의가 듭니다"라고 결론짓고 있었다.

어떻게 보면 맞벌이 부부의 고충을 털어놓는 어리광 섞인 투정인 것 같기도 하고, 또 어떻게 보면 정말 결혼 생활에 대해 절실하게 회의를 느끼고 구원을 요청하는 듯한, 좀 저의가 아리송한 메시지였다.

'결혼'이라는 말을 들으면 나는 가끔 박 통장 아주머니가 생각난다. 내가 어렸을 때 우리 옆집에 세 들어 살던 박 통장 아주머니는 남편이 동네에서 유명한 고주망태인 데다가 걸핏하면 때려서 자주 우리 집 아랫방에 숨어 있곤 했다. 한번은 또 얻어맞아서 멍든 얼굴을 달걀로 문지르고 있는 아주머니에게 왜 통장 아저씨와 결혼했고, 왜 영원히 통장 아저씨가 찾을 수 없는 곳으로 도망가지 않느냐고 물은 적이 있다.

"자기 짝을 찾는 것은 인간의 뜻이 아니란다. 아기를 낳게 해주는 삼신할머니 알지? 삼신할머니가 엉덩이를 때려 아기들을 세상 밖으로 내보낼 때 새끼발가락에 보이지 않는 실 한쪽 끝을 매어 둔단다. 그리고 또 다른 쪽은 그 아기의 짝이 될 아기의 새끼발가락에 매어 두는 거야. 두 사람이 어떤 삶을 살고 아무리 멀리 떨어져 살아도 ― 그래, 한 사람은 미국에 살고 또 다른 사람은 한국에 살아도 ― 언젠가는 둘이 만나서 사랑을 하게 되고 시집 장가를 가고, 그렇게 영원히 함께 묶여 있는 거야."

어렸을 때지만 그 이야기가 너무나 재미있고 신기하게 들려 나는 내 실의 다른 쪽 끝은 누구의 새끼발가락에 매여 있을까 꿈꾸어 보곤 했다.

어쨌거나 영미의 메시지를 읽고 나는 영미가 1학년일 때 영작문 시간에 관계대명사를 가르치면서 남녀별로 '내가 결혼하고 싶은 여자 / 남자'를 영어로 써보게 한 것이 생각났다. 다음 학기 준비를 하기 위해 모든 자료를 다 끄집어내고 있던 터라 찾는 것이 별로 힘들지 않았다. 오랜만에 읽어 보니 아주 흥미로웠고, 무엇보다 영미가 편지에 쓴 '서로에 대한 기대치가 다르다'는 말이 새삼 이해가 갔다. 우선 남학생들이 내세운 조건들을 번역해서 조합해 보면 다음과 같다.

🐝 내가 좋아하는 여자는

나만 사랑하고 다른 남자는 쳐다보지도 않는 여자,

우리 부모님 공경하고 잘 돌보는 여자,

남편 도움 청하지 않고 가사일 혼자 알아서 하는 여자,

요리 잘하는 여자,

부지런해서 늘 집 안을 깨끗하게 잘 정돈해 놓는 여자,

몸과 정신이 건강한 여자,

책을 많이 읽는 교양 있는 여자,

근검해서 옷 사는 데 돈을 많이 쓰지 않는 여자,

내가 팥으로 메주를 쑨다 해도 믿는 여자,

나보다 오래 사는 여자,

비가 오면 우산 들고 버스 정류장에서 기다려 주는 여자,

내가 아무리 늦게 와도 저녁 먹지 않고 기다리는 여자,

아들 잘 낳는 여자,

목소리가 크지 않은 여자,

너무너무 예쁘지는 않지만(너무 예쁜 여자는 위험하니까!) 조금은
예쁜 여자,

밤늦게 친구 데리고 와도 불평 한마디 안 하는 여자,

노래를 잘해 '주부 가요 열창'에서 1등상을 타서 나를 하와이에 데
리고 갈 수 있는 여자,

일찍 일어나서 모닝커피를 만들어 달콤한 키스와 함께 주는 여자,

내 의견에 찬성하지 않을 때도 늘 웃는 여자,

밤에 도둑이 들어도 무서워하지 않는 여자(왜냐면 내가 무서우니
까!),

일요일에 하루 종일 자게 해주는 여자,

겨울이면 손뜨개로 스웨터 짜주는 여자,

남에게 환멸감을 주지 않고 초미니스커
트를 입을 수 있는 여자,

내가 돼지 먹따는 소리로 노래 불러도
"오 당신 목소리는 엘비스 프레슬리 같아
요!" 하고 말해 주는 여자 등등.

여학생들이 장래 남편감에 대해 내세우는 조건도 만만치 않았다.

🐚 내가 좋아하는 남자는

나만 사랑하고 다른 여자는 쳐다보지도 않는 남자,

신체 건강하고 머리 좋은 남자,

야망이 있는 남자,

유머 감각이 풍부한 남자,

돈을 많이 버는 남자,

가사일을 즐겨 하는 남자,

두말없이 우리 부모님을 부양하는 남자,

내가 야단칠 때 말없이 앉아 있는 남자,

　　내 독립적 생활을 방해하지 않는 남자,

　　　애 잘 키우는 남자,

　　　　술은 조금 하되 담배는 피우지 않는 남자,

　　　　　퇴근 후에 집에 와서 요리하고 집 안 치우는
남자,

　　　우리 부모님을 일주일에 한 번 방문하는 남자,

나보다 오래 사는 남자,

　아침에 일찍 일어나 모닝커피를 만들어 침대로 가
　져다주는 남자,

내 잘못을 이해해 주는 남자,

더러운 버릇(발을 안 씻는다거나 하는)이 없는 남자,

나의 사교 생활(집에 늦게 들어온다든지, 술을 마신다든지 하는)을 이해해 주는 남자,

예쁜 여자를 끔찍하게 싫어하는 남자,

스포츠를 싫어하는 남자,

목소리가 좋은 남자,

일주일에 한 번 비싼 레스토랑에서 외식하자고 하는 남자,

결혼기념일과 내 생일을 절대로 잊지 않는 남자,

자주 꽃을 주는 남자,

나와 함께 쇼핑 가는 남자,

비 오는 날 함께 오랫동안 우산 받고 걷다가 카페에서 차를 마시는 낭만이 있는 남자,

여자 화장실 앞에서 내 핸드백 들고 서 있는 것을 부끄러워하지 않는 남자 등등.

이쯤 되면 상대방에 대한 기대치가 너무나 상충해서 학생들의 미래 결혼 생활이 걱정될 정도이다. 누군가 사랑은 서로 마주 보는 것이 아니라 함께 같은 방향을 바라보는 것이라고 말했다지만, 이건 마주 보는 것도 아니고 서로 등을 맞대고 제각기 딴 방향을 보고 있는

것이나 마찬가지가 아닌가. 그렇지만 나는 그때 영미가 자기의 목록 마지막에 써놓은 말을 생생하게 기억한다.

"선생님이 조건을 쓰라니까 한번 써보기는 했지만 사랑에 빠진다면 위의 조건들은 전혀 문제가 안 돼요!"

영미에게 답장을 보내는 대신 이 쪽지를 우편으로 보내 줘야겠다.

민식이의 행복론

어느덧 가을 학기도 내리막길을 가고 있고 백화점 앞에는 벌써 커다란 성탄 트리가 서고 장난감 병정들이 돌아가고 있다. 지금이 학기 중 제일 일이 많은 때라 아무리 시간을 쪼개어 써도 늘 바쁘고 숨 쉴 틈이 없다. 그저 꽁지 빠진 닭처럼 하루 종일 정신없이 움직여도 책상에는 밀린 일거리가 쌓이고, 들어오는 이메일마다 원고 독촉과 회의 통지뿐이다. 무언가 변화 하나 없는 기계 같은 일상이다. 나뿐 아니라 한 해가 저물어 가는 요즘엔 만나는 사람들도 어딘가 지친 표정이고 신문이나 TV는 시끄러운 정치판 이야기뿐이다. 무엇 하나 재미있는 일이라고는 없는, 그저 심드렁한 일상의 연속이다.

며칠 전 교양영어 영작문 시간에 학생들에게 작문 숙제를 내줄 일이 있었다. 교과서에 나온 주제는 '행복이란 무엇인가'였다. 영작문을 가르칠 때 나는 미국의 유명한 수필가인 E. B. 화이트의 말을 인용한다.

그는 글을 잘 쓰는 비결에 대해 '인류나 인간(Man)에 대해 쓰지 말고 한 사람(man)에 대해 쓰는 것'이라고 했다. 즉 거창하고 추상적인 이론이나 일반론은 설득력이 없고, 각 개인이 삶에서 겪는 드라마나 애환에 대해 쓸 때에만 독자들의 동감을 살 수 있다는 것이다.

사실 내가 화이트의 말을 인용하는 데는 다른 의도도 있다. 영문과가 아닌 학생들에게 글쓰기의 이론을 가르치려는 목적도 있지만 그보다는 내가 학생들 숙제를 읽을 때 지루함을 덜기 위해서다. '행복이란 무엇인가'에 대한 추상적인 글보다는 좀 재미있는 일화 위주의 글을 읽고 싶은 것이다.

그래서 학생들에게 행복이라는 주제와 관련하여 '잊지 못할 사람' 또는 '잊지 못할 그날'에 대해서 쓰라는 숙제를 내주었다. 아무리 나이가 어려도 돌이켜 보면 인상에 남는 사람이나 기억에 남는 시간이 있을 것이므로 학생들이 작문하기에 별로 어려움을 느끼지 않으면서 읽는 내 입장에서도 다양한 글을 접할 수 있다.

다음은 김민식이라는 학생이 쓴 '내가 행복의 교훈을 배운 잊지 못할 그날'이라는 좀 긴 제목의 글인데, 번역해 보면 다음과 같다.

사람들이 내게 언제 행복을 느끼느냐고 물으면 나는 '화장실에 갈 때, 음식을 먹을 때, 걸어 다닐 때'라고 답한다. 유치하기 짝이 없고 동물적인 답변 아니냐고 반문들을 하지만, 내게는 그럴 만한 이유가 있다.

내게 '잊지 못할 그날'은 3년 전 11월 4일 고등학교 3학년 때이다. 수능시험 보기 바로 이틀 전이었다. 방과 후에 교실에서 친구들과 공부를 하고 있는데 수위 아저씨가 뛰어 들어오면서 외치셨다. "너희 반 친구 둘이 학교 앞에서 트럭에 치여서 병원에 실려 갔다!"

우리는 곧장 병원으로 달려갔다. 명수와 병호는 온몸이 피투성이가 된 채 응급실에 누워 있었다. 머리를 크게 다친 병호는 숨을 쉬는 것조차 힘겨워했다. 생명이 위태롭다고 했다. 병호는 곧 수술실로 옮겨졌고, 친구들과 나는 거의 기절 상태이신 병호 어머니와 함께 수술이 잘되기를 바라며 기다리는 수밖에 없었다.

나는 그때 처음으로 온 마음을 다하여 빌었다. '정말 하느님이 계시다면 병호를 꼭 살려 주세요. 제가 수능시험을 아주 못 봐서 대학에 떨어져도 좋으니 내 친구 병호를 살려 주세요.' 당시 그것은 내가 친구를 위해 해줄 수 있는 최대한의 희생이었다.

얼마간의 시간이 흘렀을까, 드디어 의사 선생님이 나오셨다. 아무 말도 안 하셨지만, 표정이 병호의 죽음을 알렸다. 순간 정적이 흘렀다. 바로 그때, 응급실 침대에 누워 있던 명수가 깨어나서 큰 소리로 말했다.

"엄마! 나 화장실 가고 싶어! 오줌 마렵다고!"

나는 친구의 삶과 죽음을 동시에 보고 있었다. 한 사람은 이제 이 세상에서 숨을 멈추었고 또 한 사람은 살아서 화장실을 가고 싶어 하고 있었다. 나는 생각했다. '명수야, 축하한다. 깨어나서 화장실에 가고 싶다고 말할 수 있다는 것은 너무나 큰 축복이고 행복이다.'

그렇게 나는 친구를 보냈다. 그리고 그날 이후 행복이란 특별한 것이 아니라 그저 이 세상에서 숨 쉬고, 배고플 때 밥을 먹을 수 있고, 화장실에 갈 수 있고, 내 발로 학교에 다닐 수 있고, 내 눈으로 하늘을 쳐다볼 수 있고, 작지만 예쁜 교정을 보고, 그냥 이렇게 살아 있는 것이 행복하다고 굳게 믿는다.

그러니까 가끔씩 맛있는 음식을 먹고, 여자 친구와 데이트하고, 친구들과 운동하고, 조카들과 놀고, 그런 행복들은 순전히 보너스인데, 내 삶은 그런 보너스 행복으로 가득 차 있다!!

자기 말에 대해 확신에 찬 나머지 민식이는 느낌표를 두 개씩이나 치면서 글을 끝내고 있었다. 물론 문법적인 오류가 여기저기 있었지만, 추상적 의미의 행복론이 아니라 정말 자신의 경험에서 행복을 설명한 좋은 글이었다. 밥을 먹고 화장실에 갈 수 있는 것도 행복이다 ― 후생가외後生可畏 청출어람青出於藍이라더니 민식이는 사는 게 재미없고 심드렁하다고 아우성치는 나에게 오히려 멋진 행복론을 가르친 셈이다.

민식이 말마따나 행복의 기준이 이 세상에서 숨을 쉬고 있고 밥 먹고 소화 잘 시켜서 멀쩡히 화장실을 갈 수 있는 것이라면 그 조건을 완벽하게 충족시키는 내게 나머지는 무조건 다 그야말로 보너스, 대박 행복인 셈이다. 이렇게 좋은 학생을 가르치는 것도 행복이고, 학생들이 쓴 글을 독자들에게 소개할 수 있는 것도 기막힌 행운이고, 책상에 쌓인 일거리도 축복이고…… 내 삶도 보너스 행복으로 가득차 있다.

민식이의 글을 읽으니 얼마 전 전신마비 구족화가이자 시인인 이상열 씨가 쓴 '새해 소망'이라는 시도 생각난다.

"새해에는 더도 말고 덜도 말고 손가락 하나만 움직이게 하소서."

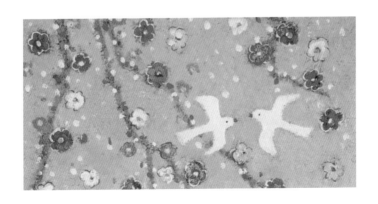

창가의 나무

내 방에는 커다란 창이 있고, 창 바로 옆에는 나무가 한 그루 있다. 내 일상의 하루하루는 이 나무와 함께 시작해서 이 나무와 함께 끝난다. 매일 아침 눈을 뜨면 하트 모양의 나뭇잎들이 투명한 아침 햇살에 찬란한 금테를 두르고 있고, 오늘같이 화창한 봄날에는 창문을 열면 마치 바다 냄새 같은 향기가 나는 것 같다. 긴 하루가 지나고 침대에 누우면 달이 나뭇가지에 걸리고, 미풍에 흔들리는 잎사귀 하나하나는 꿈을 부르는 작은 깃발처럼 현실보다 더 멋진 꿈의 세계로 초대한다.

나무는 소우주이다. 새싹이 있고 잎이 있고 꽃이 있고 뿌리가 있고, 별이 걸리고 해와 달이 있고 비와 눈이 있다. 이 나무의 이름은 백일홍이다. 한번 꽃이 피면 백일 동안 간다고 해서 붙여진 이름이다. 그러나 어머니는 이 나무를 '영희 나무'라고 부르신다. 어머니는 8년 전 내가 미국으로 유학을 떠난 다음 날 이 나무를 사다 심으셨다. 평생 동안 수발하던 딸이 처음으로 당신 곁을 떠난 후에 무언가 그 빈자리를 메울 것, 돌볼 대상이 필요하셨는지도 모른다.

어머니의 특별한 관심과 사랑 속에서 나무는 잘 자랐다. 어머니는 죽은 가지를 쳐내고 시든 잎을 따고 비싼 비료를 주고, 정성으로 나무를 돌보셨다. 그래서 봄마다 나무는 풍성한 분홍색 꽃을 피웠고, 그것은 어머니에게 딸의 무사를 알리는 전령이자 그리움을 삭이는 방편이었다. 그래서 이 나무는 나의 꿈의 상징이요, 어머니의 기도이다.

창가의 나무는 계절의 순환에 따라 사는 순명을 가르친다. 봄에는 소생의 기쁨을, 여름에는 성장의 보람과 생명력을, 가을에는 희생과 성숙을 그리고 겨울에는 인내와 기다림을 가르친다. 조이스 킬머는 '나무'라는 시에서 '시는 나 같은 바보가 만들지만 / 나무는 오직 하느님만 만들 수 있는 것'이라고 노래했고, 타고르는 '나무는 땅이 하늘에게 말하는 언어'라고 했다. 프로스트의 '창가의 나무'라는 시를 읽는 지금도 나무는 내 책상 위로 그림자 물결을 던지고 서 있다.

내 창문가의 나무, 창문 나무
밤이 오면 나는 창틀을 내린다.
그러나 너와 나 사이에는 커튼이 드리워지지 않기를.

어떤 잡지의 원고 청탁을 받고 글 쓸 소재를 찾아 이것저것 뒤적이다 오래전에 어느 대학 영자 신문의 청탁을 받고 썼던 '나무'라는 글을 발견했다. 거의 15년 전쯤, 유학을 끝내고 돌아와서 얼마 되지 않았을 때였는데, 마무리가 생각나지 않아 쓰다가 중간에 그만두었던 글이다. 어쨌든, 오랜 세월이 흐른 후 이 글을 읽으니 내가 썼다고 믿기지 않을 정도로 글의 목소리가 생경했다. 지금의 내 문체보다 훨씬 더 낭만적이랄까, 아니 조금은 서정적이기까지 했다.

이 글을 쓰고 나서 얼마 후에 우리 집은 이사를 했고 지금 내 방은 이 글을 쓸 때와 환경이 많이 달라졌다. 그때 내 방보다 훨씬 더 크지만, 아주 작은 창문 두 개만 있을 뿐이고 나무는커녕 조각하늘도 잘 안 보인다. 창문 하나는 벽 하나를 두고 옆집 안방과, 또 다른 창문은 다른 집 부엌과 근접해 있다. '영희 나무'는 정원 한구석으로 옮겨졌지만, 솔직히 말해 그 나무를 제대로 한번 쳐다본 게 언제인지 기억조차 까마득하다.

지금은 하트 모양의 나뭇잎이 투명한 햇살 속에 반짝이는 것을 보는 일도, 바다 냄새 닮은 나무 향기를 맡는 적도 없다. 긴 하루가 지나면 나무 위에 걸린 별이나 달을 볼 시간적 여유도, 아니 그럴 마음도 없다. 그저 누우면 자기 바쁘고 다음 날 아침이면 옆집 아줌마가 딸 야단치는 소리에 깬다. 일어나기 싫어도 일어나야 하는 운명을 개탄하면서 억지로 일어나고, 하루를 시작하기도 전에 벌써 찌뿌드드한 기분이 된다.

그런데 놀라운 것은 이 글을 읽기 전까지 나는 내 삶이 그렇게 많이 변했는지조차 모르고 있었다는 것이다. 그저 하루하루 습관처럼 살아가면서 하늘도, 나무도 쳐다보지 않고 예쁜 꽃들도 무심히 보고, 바다 냄새 나는 아침 공기를 맡은 지, 달과 별을 생각하지 않은 지 한참 되었다는 것조차 알지 못했다.

그동안 얼굴에 훨씬 더 많은 주름이 생기고 조카가 네댓 명 더 늘고, 제자가 더 많이 생겼고…… 그런 변화가 있지만 그래도 나는 여전히 나인데, 무엇이 변한 것일까.

갓 귀국해서 햇병아리 강사 시절에 쓴 글에는 아직도 삶의 여유가 있고, 낭만이 있고, 자연의 아름다움을 보는 눈이 있었다. 하지만 요새 내가 쓰는 글에는 삶의 여유보다는 부대낌이, 낭만보다는 현실이 그리고 자연보다는 인간이 더 많이 등장하는 것 같다.

따지고 보면 슬픈 일이지만, 어쩌면 당연한 일인지도 모른다. 대학 때부터 지독한 근시였던 내가 삶의 가까운 쪽, 앞쪽, 아름다운 쪽만 보았다면, 아니 그것만 보기를 원했다면, 지금은 원시가 되어 가면서 삶의 좀 더 먼 쪽, 뒤쪽, 그리고 결코 아름답다고 할 수 없는 쪽도 눈에 들어온다.

삶에는 달콤한 꿈, 야망, 낭만적 환상, 별, 달, 장미 꽃밭, 아름다운 숲, 향기로운 미풍, 연인과 만나는 호텔 스카이라운지, 아이들이 분홍빛 조가비를 줍는 백사장이 있다. 또 삶에는 실패와 배신, 위험, 좌절도 있고 찌개가 타는 부엌, 악을 쓰고 우는 아기, 가족 간의 사소한 다툼들도 있다. 하나라도 더 팔려고 소리쳐 대는 시장 통에도, 노동자들이 등짐을 져 나르는 건설 현장에도, 어깨를 스치며 다니는 복잡한 거리에도 삶은 있다. 삶은 사람들이 울고 웃고 싸우고 상처를 주고받고 그리고 사랑하고 미워하는 곳이면 어디에든 있다.

'창가의 나무'를 쓰고 오랜 세월이 지나, 이 지상에서 내 삶의 몫을 한참 더 산 지금에야 이 글을 어떻게 마무리해야 할지 알 것 같다. 그때 쓴 글에서는 프로스트의 '창가의 나무'라는 시에서 아주 낭만적인 분위기인 첫 부분만을 인용했다. 그러나 그 시의 진정한 의미는 마지막 두 줄에 있는지도 모른다.

너의 머리가 바깥 기후에 시달리듯
내 머리는 내 안의 풍파에 시달린다.

'영희 나무'는 여전히 뜰 한구석에 서서 변화무쌍한 바깥 기후에 시달리고 있고, 나는 내 안의 소용돌이를 견뎌 내면서 조금씩 성숙의 나이로 다가간다.

나는 아름답다

아침에 회의가 있어 출근하기 전 화장하는 시간을 이용해 TV를 켰다. 어느 케이블 TV에서 나이에 비해 어려 보이는 '동안童顏 대회' 입상자들을 소개하고 있었다.

1등은 46세의 어떤 여자인데 긴 생머리에 짝 달라붙은 청바지를 입은 품이 암만 눈 크게 뜨고 봐도 절대로 46세로는 보이지 않았다. 스무 살 난 아들과 함께 가면 여자 친구냐고 묻는다고 했다. 그런데 이 아줌마는 말을 할 때 마치 석고 가면을 쓴 듯 입술만 조물조물, 눈과 얼굴 근육을 전혀 움직이지 않는 것이었다.

또 다른 '동안' 입상자는 젊었을 때부터 뺨이 늘어질까 봐 한 번도 옆으로 누워서 자본 적이 없다고 했다. 목에 주름지는 것을 방지하기 위해 베개를 베지 않고 늘 천장만 보고 똑바로 누워 자고, 그래서 결혼 이후 한 번도 남편과 마주 보고 자본 적이 없다고 했다.

나는 화장하던 것을 잠깐 멈추고 열심히 TV를 시청했다. '동안'을 유지하기 위한 그들의 처절한 노력이 신기하게 느껴졌기 때문이다. 얼굴 주름질까 봐 입술만 움직이며 말하는 사람……. 나처럼 성격적으로 조물조물 말하는 것을 답답해서 못 참는 사람에게 그건 민폐이다. 게다가 얼굴 늘어질까 무서워 남편과 마주 보고 자본 적이 없다니, 그럼 아기랑 마주 보기 위해 옆으로 누워 본 적도 없는지. 만약그렇다면 그건 얼마나 슬픈 일인가.

'동안' 프로그램이 끝나고 이어 어떤 드라마가 재방송되었다. 여전히 화장을 하며 무심히 화면을 보던 나는 깜짝 놀랐다. 여주인공이 내가 기억하는 모습과 달랐다. 어디가 달라졌는지 꼬집어 말할 수는 없지만, 이전의 귀엽고 해맑은 모습은 없어지고 천박하고 사납게 보이는 게, 분명 얼굴 어딘가를 고친 모양이었다.

난 TV 드라마를 잘 안 보는 편이지만, 간혹 오랜만에 볼라치면 탤런트들이 이상하게 변한 얼굴로 등장한다. 그런데 정말 이상한 것은, 분명 더 예뻐지기 위해 돈을 많이 들이고 어느 정도 육체적 고통도 감수했을 터인데 내 눈에는 전보다 더 예뻐 보이지 않는다는 것이다. 예쁘고 아담한 코를 너무 높여서 뺑코나 뾰족코를 만들거나, 입술을 뒤집어서 소시지 입이 되거나 또는 주름을 너무 팽팽하게 당겨서 화상을 입은 듯 번들거리고 아주 그로테스크한 인상이 되기도 한다.

그런 연예인들이 간혹 성형 사실을 밝힐 때마다 신문이나 TV는 '아무개는 당당하게 성형 사실을 고백했다'라는 말을 쓴다. 한데 나는 그게 아주 못마땅하다. '당당하게'는 그런 데 쓰이는 말이 아니다. '당당하게'는 자신의 뜻을 굽히지 않고 어려움을 극복하여 어떤 옳은 일을 실행할 때 쓰는 말이다. 예컨대 '그녀는 운명에 굴복하지 않고 당당하게 맞서 싸웠다'라고는 말할 수 있다. 그런데 안 해도 좋을 성형 수술을 하고 나서 성형 수술 했다고 말하는 사람을 '당당하다'고 표현하는 것은 좀 말의 번지수가 틀린 셈이다.

하지만 사실 미적 기준이라는 것은 주관적이니, 본인이 좋아서 옆으로 누워 자든 똑바로 자든, 뾰족코를 만들든 소시지 입을 만들든, 나야 상관할 바 아니다. 그런데 문득 '동안' 대회의 남녀들이 전수해 준 젊음을 유지할 수 있는 몇 가지 방법에 생각이 미쳤다. 물을 하루에 적어도 4리터는 먹고, 야채와 과일을 많이 먹고, 청국장을 먹고, 일찍 자고 일찍 일어나고 등등. 안타깝게도 내가 하는 모든 행동과 내가 먹는 식단은 그에 반反한다. 난 청국장은 냄새 맡기도 싫어하고 약 먹을 때를 제외하고는 물을 거의 먹지 않고, 웃을 때는 얼굴의 근육이란 근육은 다 움직여서 우하하하 웃어 젖힌다.

화장을 끝내고 거울을 보면서 나는 내친 김에 나의 노화 현상을 관찰해 보았다. 눈가는 자글자글, 머리에는 여기저기서 흰머리가 삐죽

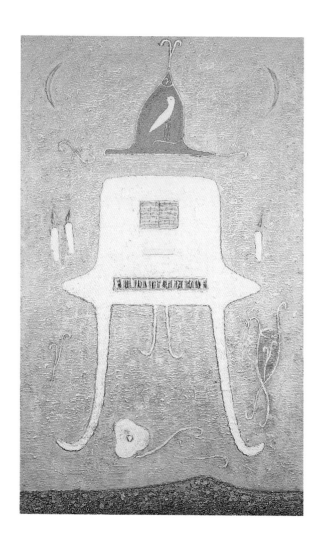

삐죽, 아까 그 주름 없이 맨질맨질한 '동안' 아줌마들에 비하면 나의 노화 현상은 사뭇 심각했다. 이젠 나도 얼굴 근육 움직이지 않고 조물조물 말하고 우리 학생들과의 세대 차를 줄여 보기 위해 보톡스라도 맞아야 하는 것은 아닌지……

　그러다가 내 눈이 습관처럼 정수리 부근으로 갔다. 와, 암만 봐도 신기한 일이다. 지난해 항암 치료 받을 때 머리가 빠져 돈짝만큼 휑하니 비어 있더니 치료가 끝나자마자 포실포실 아기 새 솜털처럼 머리칼이 나서, 지금은 언제 빠졌었느냐는 듯, 전혀 표시 안 나게 머리털로 덮여 있는 것이다. 그뿐인가. 항암제 부작용으로 입 가장자리에 심한 염증이 생겼던 것도 깨끗이 아물고, 방사선 치료 때문에 꺼멓게 탔던 목살도 한 차례 검은색 비늘을 벗더니 이제는 아주 하얗고 부드러운 새살이 되었다.

　새로 난 머리털과 보드라운 내 목살을 만져 보고 나는 새삼 그 아름다움에 감탄했다. 있어야 할 데 머리털이 없는 것은 얼마나 사람을 주눅 들게 하던가, 입가의 염증은 얼마나 고통스러웠는지 ― 하지만 인체는 너무나 신비해서 그 위대한 복원력으로 다시 머리털이 나게 하고 상처를 아물게 했다. 새로 나온 머리에도 흰머리가 두어 개 섞이고 새로운 목살에도 주름은 있지만, 아무리 봐도 그것들은 아까 그 아줌마의 '어린' 얼굴이나 성형 탤런트의 뾰족코보다 더 대견스럽고 아름답다.

그래서 난 생각했다. 생긴 거야 어떻든 내 눈 코 입이 제자리에 있어서 제 기능을 발휘하고 있는 것이 얼마나 고마운 일인지. 그리고 우리 인체란 생긴 그대로 너무나 아름답고 신비로워서, 자연의 법칙에 모든 것을 맡기고 주름이야 생기든 말든 웃고 싶을 때 실컷 우하하하 웃으며 나의 이 기막힌 아름다움을 구가하며 살면 그만이라고.

재현아!

'혹시 한 달 전 선생님을 찾아갔던 학생을 기억하시나요? 그때 선생님께서 저의 마음을 이해하고 위로해 주시려고 이것저것 말씀해 주신 것, 정말 감사하게 생각하고 있습니다.'

네가 내게 처음이자 마지막으로 보낸 이메일 메시지는 이렇게 시작하고 있었다.

이번 학기를 시작하고 며칠 지나지 않았을 때였다. 대학원 수업을 끝내고 다섯 시 반쯤 막 퇴근하려고 연구실 문을 연 나는 깜짝 놀랐다. 짧은 스포츠형 머리에 해쓱한 얼굴, 검은 테 안경 그리고 깡마른 체격의 네가 문을 향해 혼자 서 있었다. 내 느낌이었을까, 아마도 너는 방금 도착해서 날 맞닥뜨린 것이 아니라 거기서 한참 동안 노크를 할까 말까 망설이며 서 있었던 것 같았다. 퇴근길이었지만 텅 빈 복도에 서 있는 네 모습이 너무 횅해 보여서, 다음에 오라고 하면 금방이라도 휘청 쓰러질 듯 보여서 나는 네게 잠깐 들어오라고 했지.

우리는 서로 생면부지였지만, 아니 나는 그날 너를 처음 보았지만 놀랍게도 너는 네 마음속 말들을 모두 주저 없이 내게 쏟아냈다. 컴퓨터학과 3학년, 때로는 죽음을 생각할 만큼 지독한 강박증 환자이고 하루하루 살아가는 일이 고통이며 병원 약도 효과가 없다고, 그리고 너의 집안 이야기까지…….

나는 네게 세례 준비반에 들어가서 종교를 가지면 어떨까, 예쁜 여자 친구를 사귀면 좋지 않을까, 정신을 팔 수 있는 취미 활동을 하면 어떨까 충고했다. 그리고 강박증 증세를 가졌다가도 나아서 학교생활을 잘하고 있는 사람들이 많다고 희망을 주려고 했다. 네가 일어날 때 내 책을 한 권 주며 농담 반 진담 반으로 "이것 읽고 독후감 써 와" 했던 것은 자연스럽게 너를 다시 내게 오게 하려는 나름대로의 계산이었다.

그다음 주, 19세기 미국 문학 강의를 하던 나는 교실 맨 뒤, 문 바로 옆자리에 앉아 열심히 노트 필기를 하고 있는 널 발견하고 놀랐다. 내 과목을 청강하고 있구나, 아마도 이제 제자리에 돌아온 모양이라고 반갑게 생각했다. 재현아, 그렇게 나는 너를 기다리기만 했구나.

그리고 지난 4월 9일, 수업이 없어 느지막이 일어난 나는 아침 9

시 55분경 이메일을 체크했다. 그리고 '장영희 선생님께'라는 네 메시지를 보았다. 지독한 강박증을 더 이상 견딜 수 없다고, 이제 죽을 준비가 되었다고, 내게 찾아왔던 날 너는 이미 죽음을 결심한 후였다고. 네 마음이 너무 깜깜해서 유감스럽게도 내가 그날 네게 해주었던 말들이 빛이 되지 못했다고, 하지만 그날 널 이해해 주고 위로해 주려던 내 마음에 감사한다고. 독후감을 제출하지 못하고 떠나게 되어 죄송하다고……. 아무리 봐도 유서였다.

급히 네 아버님께 연락하고, 컴퓨터학과 조교들에게 전화했다. "엄재현을 좀 빨리 찾아보라"고. 조교들이 묻더구나. "엄재현이 누구죠? 남잔가요, 여잔가요?"

초조했지만 난 믿었다. '원래 자살하는 사람들은 자살한다고 말하지 않아. 괜찮을 거야. 그냥 관심 끌려고 그러는 거야. 이제 관심을 더 쏟아 줘야지.'

그리고 두 시간 후, 나는 관악경찰서로부터 전화를 받았고, 네가 그날 아침 9시 50분 봉천역에서 지하철 선로로 몸을 던져 자살했다는 소식을 들었다. 네가 내게 이메일을 보낸 시간이 8시 16분, 넌 이메일을 쓰고 곧장 봉천역으로 간 것 같구나. 그리고 9시 55분, 내가 이메일을 열었을 때 넌 이미 이 세상 사람이 아니었구나.

재현아, 지금에야 통한으로 생각한다. 그때 그냥 너를 보낸 것을. 두 손 놓고 가만히 앉아서 네가 다시 찾아오기를 기다리기만 한 것을. 종교를 가지라고? 여자 친구를 사귀라고? 돌이켜 보면 내가 네게 해준 이야기는 선생이 학생에게 주는 텅 빈 교과서적 이론일 뿐이었다. 어른이 젊은 사람에게, 아프지 않은 사람이 아픈 이에게 주는 형식적인 말들. 그게 아니었는데…… 그런 껍데기 말을 하기보다는 너의 그 깜깜한 세계에 내가 함께 들어갔어야 했는데……. 암흑 같은 세상에서 무서워 떠는 네 손을 잡고 '괜찮아' 하며 보듬어 안아 주었어야 했는데……. 내가 네가 되었어야 했는데, 그걸 못 했구나.

네가 스스로 목숨을 포기한 그날 오전 수업에 지각한 학생들이 어느 선생님께 말하더란다. "어떤 사람이 봉천역에 뛰어들어 자살하는 바람에 지하철이 늦게 와서 지각했어요"라고. 어떤 사람……. 그 학생들은 그 '어떤 사람'이 같은 캠퍼스에서 공부했던 학우였다고 꿈에도 생각지 못했겠지.

네가 우리 곁을 떠난 바로 다음 날 학보사에서 내게 메시지가 왔다. '컴퓨터학과 엄재석 군이 자살하기 전 선생님과 상담했다고 들었습니다. 자살의 문제에 대한 인터뷰에 응해 주십시오.' 컴퓨터학과 엄재석? 산 사람의 횡포로 네 이름조차 제대로 불러 주지 않는구나.

재현아, 네가 남자인지 여자인지도 모르고 그냥 '어떤 사람'으로 남아야 하는 이 세상, 네 이름도 제대로 알아주지 않는 이 세상이 너는 참 싫었나 보다. 그래서 그 깜깜한 세상을 혼자서 견디다가 그렇게 홀홀히 미련 없이 떠났나 보다.

재현아! 너무 늦게, 네 이름을 불러 본다. 재현아, 미안해. 네 믿음에 보답하지 못해서, 네 생명을 지켜 주지 못해서 정말, 정말 미안해. 이제는 깜깜하지 않고 환한 그 세상에서 평화와 영복을 누리기를…….

4...

에라, 그냥 장영희가 좋다. 촌스럽고 분위기 없으면 어떤가.
부르기 좋고 친근감 주고, 무엇보다 이젠 장영희가 아닌 나를 생각할 수 없다.
셰익스피어는 《로미오와 줄리엣》에서 말한다.
"이름이란 무엇일까? 우리가 '장미'라고 부르는 것은
그 어떤 이름으로라도 여전히 향기로울 것을."
맞다. 향기 없는 이름이 아니라 향기 없는 사람이 문제다.

네가 누리는 축복을 세어 보라

얼마 전 어느 잡지와 인터뷰를 했다. 최근 몇 년간 나에 대한 기사는 거의 암 환자 장영희, 투병하는 장영희에 국한되어 있어서 그냥 인간 장영희, 문학 선생 장영희에 초점을 맞춰 줄 것을 조건으로 인터뷰에 응했다. 나는 열심히 문학의 중요성, 신세대 대학생들의 경향 등등을 성의껏 말했다. 그런데 오늘 우송되어 온 잡지를 보니 기사 제목이 '신체장애로 천형天刑 같은 삶을 극복하고 일어선 이 시대 희망의 상징 장영희 교수'였다.

'천형 같은 삶?' 그 기자의 의도와는 상관없이 난 심히 불쾌했다. 어떻게 감히 남의 삶을 '천형'이라고 부르는가. 맞다. 나는 1급 신체장애인이고, 암 투병을 한다. 그렇지만 이제껏 한 번도 내 삶이 천형이라고 생각해 본 적은 없다. 사람들은 신체장애를 갖고 살아간다는 건 너무나 끔찍하고 비참하리라고 생각하지만, 그렇지 않다. '이 없으면 잇몸으로 산다'는 말이 있듯이 나름대로의 삶의 방식에 익숙해져 그런대로 큰 불편을 느끼지 않고 살아간다. 솔직히 난 늘 내 옆을 지키는 목발을 유심히 보거나 남들이 '장애인 교수' 운운할 때에야 '아참, 내가 장애인이었지' 하고 새삼 깨닫는다.

장애인이 '장애'인이 되는 것은 신체적 불편 때문이라기보다는 사회가 생산적 발전의 '장애'로 여겨 '장애인'으로 만들기 때문이다. 무언가를 못 해서가 아니라 못 하리라고 기대하기 때문에 그 기대에 부응해서 장애인이 되는 것이다. 하지만 그것은 단지 신체적 능력만을 능력으로 평가하는 비장애인들의 오만일지도 모른다.

서울 명혜학교 복도에는 윤석중 씨가 쓴 다음과 같은 시가 걸려 있다.

사람 눈 밝으면 얼마나 밝으랴
사람 귀 밝으면 얼마나 밝으랴
산 너머 못 보기는 마찬가지
강 너머 못 듣기는 마찬가지
마음 눈 밝으면 마음 귀 밝으면
어둠은 사라지고 새 세상 열리네
달리자 마음속 자유의 길

오르자 마음속 평화 동산

남 대신 아픔을 견디는 괴로움

남 대신 눈물을 흘리는 외로움

우리가 덜어 주자 그 괴로움

우리가 달래 주자 그 외로움

영어 속담에 "네가 누리는 축복을 세어 보라(Count your blessings)"라는 말이 있다. 누구의 삶에든 셀 수 없이 많은 축복이 있다는 사실을 전제하는 말이다. '천형'이라고 불리는 내 삶에도 축복은 있다.

첫째, 나는 인간이다. 개나 소, 말, 바퀴벌레, 엉겅퀴, 지렁이가 아니라 나는 인간이다. 지난주에 여섯 살짜리 조카와 함께 놀이공원에 갔는데 돈을 받고 아이들을 말에 태워 주는 곳이 있었다. 예닐곱 마리의 말이 어린아이 하나씩을 등에 태우고 줄지어 원을 그리며 돌고 있었다. 말들은 목에 각기 '평야', '질주', '번개', '무지개', '바람' 등 무한한 자유를 의미하는 이름표를 달고 직경 5미터나 될까 말까 한 좁은 공간을 하루 종일 터벅터벅 돌고 있었다. 아, 그 초점 없고 슬픈 눈. 난 그때 내가 인간으로 태어난 축복에 새삼 감격하고 감사했다.

둘째, 내 주위에는 늘 좋은 사람들만 있다. 좋은 부모님과 많은 형제들 사이에서 태어난 축복은 말할 것도 없고, 내 주변은 늘 마음 따뜻한 사람들, 현명한 사람들, 재미있는 사람들로 가득하다. 이 세상에 태어나서 그들을 만난 것을 난 천운이라고 생각한다.

셋째, 내게는 내가 사랑하는 일이 있다. 가치관의 차이겠지만, 난 대통령, 장관, 재벌 총수보다 선생이 훨씬 보람 있고 멋진 직업이라고 생각한다. 그것도 한국에서 손꼽히는 좋은 대학에서 똑똑한 우리 학생들을 가르칠 수 있는 게 천운이 아니고 무엇이겠는가.

넷째, 남이 가르치면 알아들을 줄 아는 머리와 남이 아파하면 같이 아파할 줄 아는 마음을 갖고 있다. 몸은 멀쩡하다손 쳐도 아무리 말해도 못 알아듣는 안하무인에, 남을 아프게 해놓고 오히려 쾌감을 느끼는 이상한 사람들도 많은데, 나는 적어도 기본적 지력과 양심을 타고났으니, 그것도 이 시대에 천운이다.

그래서 나는 아름다운 사람들과 함께, 내가 좋아하는 일을 하며, 이 멋진 세상에서 하루하루 살아가는 축복을 누리며 살고 있다. 얼마 전 다시 본 영화 〈사운드 오브 뮤직Sound of Music〉에 대령과 사랑에 빠진 마리아가 '그 무언가 좋은 일(Something Good)'이라는 노래를 부르는 장면이 있었다.

'어린 시절 난 심술꾸러기였고, 내 청소년기는 힘들었는지 모르지만 이제 이렇게 사랑하는 당신이 거기에 서 있으니, 내가 과거에 그 무언가 좋은 일을 했음에 틀림없어요.'

마리아의 논리로 따지면, 나도 이렇게 많은 축복을 누리고 살고 있으니 전생에 난 '그 무언가 좋은 일'만 많이 한 천사였음에 틀림없다.

아참, 내가 누리는 축복 중에 아주 중요한 걸 하나 빠뜨렸다. 책은 아무나 내는 줄 아나? 이렇게 내 글을 읽어 주는 독자가 있어 책을 낼 수 있고 간간이 날 알아보는 독자가 "선생님 책을 읽고 힘을 얻었어요"라고 말해 주는 것은 내가 꿈도 못 꾸었던 기막힌 축복이다.

그러니 누가 뭐래도 내 삶은 '천형'은커녕 '천혜天惠'의 삶이다.

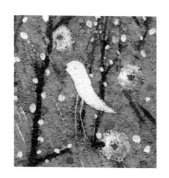

'오보' 장영희

번역 동아리의 지도 교수를 맡고서도 학기 중에는 전혀 신경 쓰지 못하다가 이번 겨울 방학 동안에 특강을 하기로 했다. 동아리 멤버 명단을 받아서 대충 훑어보는데, 저절로 눈이 가서 멈추는 이름이 있었다. '문영희'라는 이름이었다. 요즘 학생들 중에는 '영희'가 아주 드물기 때문에 정말 오랜만에 보는 이름이었다.

내가 학교 다닐 때는 영희라는 이름이 너무 흔해서 적어도 한 반에 한두 명, 많으면 서너 명까지도 있었다. 이름뿐만 아니라 성姓이 같은 경우도 꽤 있어서, 선생님들은 늘 '머리 긴 영희, 머리 짧은 영희', '키 큰 영희, 키 작은 영희' 등 이름 앞에 나름대로 수식어를 붙여서 구별하곤 했다. 그런데 이 '영희 세대'가 부모가 되어서는 절대로 자식들에게 '영희'라는 이름을 주지 않았는지, 요새는 오히려 아주 희귀한 이름이 되었다.

'영희'라는 이름이 당시 그렇게 인기 있었던 것은 아마 초등학교 1학년 교과서에 나오는 '여주인공'의 이름이었기 때문인 것 같다. 친구 '철수'와 '바둑이'와 함께 '영희'는 한국의 여자아이를 대표하는 '국민 이름'이 되어 너나 나나 사용하는 이름이었다. 그러니 나의 경우는 영희가 친구 영희를 부르고 교과서로 영희를 공부하다 보니, 일곱 살때 이미 아리스토텔레스 이후 가장 중요한 철학적 명제인 '나는 누구인가?'라는 정체성 문제에 대해 생각한 셈이다. 어쨌든, 여기저기 다 '영희'투성이다 보니 너무 흔하고 평범해서 나는 어렸을 때부터 내 이름에 대한 불만이 많았다.

인터넷을 찾아보면 요즘 한국에서 가장 흔한 이름은, 3년째 남자는 '민준', 여자는 '서연'이라고 한다. 아닌 게 아니라 학기 초에 수강생 명단에서 몇 번은 본 이름들 같다. 그런데 간혹 학생들 중에는 아주 재미있는 이름들이 있다. 예컨대 '박아지', '변소길', '김치국' 같은 이름은 좀 놀림을 받을지는 모르지만 남이 쉽게 기억해 준다는 장점이 있다.

내가 아는 어떤 학생의 이름은 '스안'인데, 나는 '백조'를 뜻하는 영어의 'Swan(스완)'과 관련된 아주 낭만적인 이름으로 생각했다. 그런데 알고 보니 그 학생의 아빠가 네 번째 딸을 낳고 이름에 대해 별로 생각하지 않은 채 출생 신고를 하러 가는 버스 안에서 문득 생각해 낸 이름이었다. "아, 내가 '버스 안'에 있으니 '버'를 떼고 '스안'이라고 하자!"라고.

요즘엔 꽤 많은 학생들이 일부러 영어 이름을 지어 사용한다. 특히 취업을 해서 명함을 만들 때 원래 이름은 아예 적지 않고 예쁜 영어 이름만 적어 놓는 경우도 많다. 어떤 학생은 나에게 작명을 해달라고 부탁하기도 하는데, 나는 가능하면 '자기 이름 그대로 쓰라'는 주의다. 외국 사람이 한국 이름을 외우기 불편해한다지만, 우리가 외국 이름을 외워서 불러 주듯이 익숙지 않아도 그들 역시 우리 이름을 외워서 불러 줘야 하는 게 기본적인 예의라고 생각하기 때문이다.

그런데 한번은 어떤 졸업생이 지도교수를 만나지 못했다고 내게 취업 추천서를 써달라고 한 적이 있다. 눈에 띌 정도로 얼굴이 예쁘고 날씬한 학생이었는데 이름을 묻자 "제니퍼 배"라고 했다.

"진짜 이름을 써야지. 진짜 이름이 뭔데?"

우리말 이름을 말하지 않는 게 조금 못마땅해서 내가 묻자 학생이 기어들어 가는 소리로 말했다.

"제 이름이 좀 독특해서요……."

"이름이 뭔데? 신자야? 배신자?"

내가 농담처럼 말했더니 그 학생이 대답했다.

"창자요…… 배창자."

나는 두말없이 성명 란에 '제니퍼 배'라고 써주었다.

'영희'라는 이름이 너무 평범해서 불만이었다는 말을 하다가 샛길로 빠졌다. 재미있는 것은, 내 이름이 신문이나 잡지에 한자로 소개될 때는 온갖 독특한 '영'과 '희' 자가 다 동원된다는 것이다. 인터넷을 찾아보니 '희'가 嬉로 되어 있고, 어느 일간지에는 禧라고 나왔다. 하지만 내 이름은 한자로 써도 아주 평범한, '꽃부리 영英'에 '계집 희姬'이다.

이렇게 이름이 한자까지도 평범하고 재미없다 보니 어렸을 적에는 걸핏하면 노트에 내가 개명을 할 때 쓰게 될 독특하고 예쁜 이름의 목록을 적어 보곤 했다. 대학교 2학년 여름 방학 때는 소설을 써보겠다고 주인공 이름을 정하면서 대학노트 열 장을 이름으로 채우다가 막상 소설은 시작하지도 못하고 개학이 되어 버린 적도 있다. 하지만 어영부영 살다 보니 개명을 못한 것은 물론, 아예 포기해 버렸다. 그나마 내 이름에 정도 들고 해서 언제부터인가는 이름에 대한 관심이 거의 사라졌다.

그런데 얼마 전 어느 독자가 내게 '나 오吾'에 '걸을 보步', 즉 '나의 걸음'을 뜻하는 '오보吾步'라는 아호를 지어 보내왔다. 한지에 정성스럽게 "오보는 내 길을 가는 것이니 만고의 정도正道를 걷는 큰 길이요, 선친의 '보步'를 나 또한 가는 것이다"(돌아가신 아버지의 호가 '걷고 또 걷는다'는 뜻의 '우보又步'였다)라고 뜻을 써주었다. 아닌 게 아니라 '오보示步 장영희'라고 앞에 호를 붙여 놓으니 장영희라는 이름도 썩 그럴듯하고 멋있게 보이는 것 같다.

오보示步 장영희 — 멋있기는 한데 익숙지 않아서일까, 남의 옷을 입은 것처럼 거북하기 짝이 없다. 게다가 한자의 의미를 떠나 우리말로 '오보'라고 하면 '나의 걸음'이 아니라 우선 '잘못된 보도'가 생각난다. '잘못된 보도 장영희'. 안 그래도 허구한 날 이 실수 저 실수로 오류투성이의 삶을 사는데 이름까지 '잘못된 보도'라면 이건 차마 웃지 못할 희극 아닌가.

에라, 그냥 장영희가 좋다. 촌스럽고 분위기 없으면 어떤가. 부르기 좋고 친근감 주고, 무엇보다 이젠 장영희가 아닌 나를 생각할 수 없다. 셰익스피어는《로미오와 줄리엣》에서 말한다.

"이름이란 무엇일까? 우리가 '장미'라고 부르는 것은 그 어떤 이름으로라도 여전히 향기로울 것을."

맞다. 향기 없는 이름이 아니라 향기 없는 사람이 문제다.

오마니가 해야 할 일

얼마 전 '로열 아시아틱 소사이어티'라고, 한미 우호증진을 위해 매달 열리는 회의에 갔을 때다. 백두산에 다녀왔다는 한 미국인 선교사가 자신의 여행을 기록한 슬라이드를 보여 주며 설명회를 갖고 있었다. 그중 한 슬라이드에는 그와 동반했던 60대 중반의 한국인 신사가 북한 접경지역에서 망원경으로 신의주를 보고 있는 모습이 담겨 있었다. 미국인 선교사는 다음과 같이 설명했다.

"신의주가 고향인 미스터 김은 지금 망원경을 통해 자신이 다니던 초등학교를 보고 있습니다. 하나도 변하지 않았다고 하더군요. 전혀 발전이 없는 것이 섭섭했던지, 이상하게도 그는 하루 종일 아무 말이 없었습니다."

이 말을 듣고 나는 우리에게는 너무나 익숙한, 가지 못하는 고향에 대한 향수가 외국인들에게는 얼마나 생소한 감정인지 새삼 깨달았다. 죽도록 고향에 가고 싶어도 갈 수 없고, 부모 형제의 생사조차 모르는 아픔과 갈망이 우리에게는 당연하지만, 외국인들에게는 이해하기 어렵고 '이상한' 일인 것이다.

김 선생이 말을 잃은 이유가 어찌 '학교가 발전하지 못해서'였겠는가. 망원경을 통해 수십 년 전 다니던 초등학교를 보며 그는 마음속 깊숙이 자리 잡고 있던 고향을 떠올렸을 것이다. 어릴 적 형과 함께 멱 감던 개울, 책 보따리 두른 채 친구들과 함께 기어오르던 커다란 밤나무, 그리고 기억 속에서 영원히 젊은 채로 남아 있는 어머니의 모습…… 생각이 깊어져 말을 잃었을 것이다.

지난 광복절에 남북의 이산가족들이 50년 만에 만나는 장면이 연이어 대대적으로 방송되었다. 남쪽에서 올라간 이들과 북에서 내려온 이들의 사연을 동시다발적으로 방영하는 사흘 내내 우리 집에는 방마다 TV가 켜져 있었다. 그렇지만 우리 식구들은 애써 관심 없다는 듯 가끔씩 곁눈질하며 화면을 훔쳐볼 뿐, 누구도 그것에 대해 심각하게 얘기를 꺼내는 사람이 없었다.

이번에 상봉이 이루어지지 않았더라도 북에서 온 사람들은 아마도 한 번쯤 빛바랜 사진들을 꺼내 놓고, 두고 온 부모 형제를 만나는 희망에 들떠 있었을 것이다. 그러나 우리 집에서는 아버지 서재 서랍

어딘가에 있는 옛 사진들을 차마 꺼내 보지도 못했다. 북에 계신 형님을 많이 그리워하셨고, 친구분들이 산소 자리 마련하실 때도 왜 타향에 묻히느냐고, 통일이 되면 고향에 산소 자리 마련한다고 기다리시다가 어느 날 갑자기 떠나셔서 어쩔 수 없이 타향에 묻히신 아버지가 생각나서였다.

이북에 형제를 다 두고 오신 어머니가 "너희 아버지 계셨으면 형님 찾아가실 수 있었을 텐데……" 자꾸 되뇌실 때 우리는 짐짓 못 들은 척, 일부러 TV를 보지도 않는 척 눈물이 나오면 괜히 화장실을 들락거렸다.

5년, 아니 5개월만 못 보아도 태산처럼 회포가 쌓이는 게 혈족인데, 서로 못 본 지 50년이 흘렀어도 영락없이 닮아 있는 게 부모 형제인데, 사흘간의 감질 나는 만남은 뼛속의 회한을 풀기에 너무나 짧고 서러웠다. 쌀 사 오라고 심부름 보냈던 열세 살의 아들은 환갑이 넘은 노인이 되어 나타났고, 잠깐 이삿짐 옮길 자전거 구해 오겠다고 나갔던 신혼의 남편은 이제 다른 여자의 남편이 되어 돌아왔고, 무용 학원 간다고 나갔다가 행방불명되었던 딸은 이북의 고위층 명사가 되어 돌아왔다. 그 사연들은 소설보다 더 기막힌 현실이었다.

남북 상봉이 이루어지는 호텔 밖에서도 드라마는 일어나고 있었다. 몸 앞뒤로 자신의 부모 친척을 찾는 팻말을 건 사람들이 여기저기서 '이북 기자님들'을 찾아 호소하고 있었다. 어떤 할아버지가 지금은 90세 된 어머니의 신상을 적은 팻말을 목에 걸고 있는 걸 보고 우리 측 기자가 무심히 "지금쯤은 돌아가셨겠다"고 말했다. 그러자 그 할아버지는 눈을 크게 뜨더니 화를 벌컥 냈다. "우리 오마니가 와 죽어요? 나이 구십에 사람이 죽는단 말이요? 별말을 다 듣갔소." 참으로 어처구니없는 억지이지만, 누가 그 억지를 나무랄 수 있을까.

다시 이북으로 떠나기 전, 백 살 된 어머니를 돗자리에 앉히고 마지막으로 절을 올리며 어떤 아들은 말했다. "오마니, 통일 되어 아들 다시 보기 전에 눈을 감으면 안 돼요. 알갔시오? 그게 오마니가 해야 할 일이야요." 어머니가 하고 싶어도 할 수 없는 일을 '오마니가 해야 할 일'이라고 자꾸 우기던 아들은 울며 떠났다.

남쪽에서 올라간 어느 아버지는 나이 50에 이가 다 빠지고 깡마르고 초라해진 아들 손을 잡고 서럽게 울다가 이북 TV 기자가 카메라를 들이밀자 갑자기 일어나서 "김정일 장군 만세"를 외쳤다. 한 살도 안 된 젖먹이를 두고 와서 50년 동안 죄의식을 품고 살다가 이제 아버지로서 해줄 수 있는 일은 그것뿐이라고 생각했던 것일까. 그 장면을 보도하면서 남쪽의 기자는 "갑자기 카메라에 대고 김정일을 찬양하는 ㄱ씨의 모습은 주위 사람들을 처연하게 했다"고 썼다. 나는 이제껏 신문지상에 '처연하다'는 말이 쓰인 것도, 또 그렇게 적합하게 쓰인 것도 처음 보았다.

남쪽의 백 살 된 어머니는 아들이 '오마니가 해야 할 일'이라고 내 준 숙제를 제대로 할 수 있을지, 사람이 겨우 나이 90에 죽느냐고 화를 내던 아들의 소망처럼 북쪽의 어머니는 기다려 줄지…… . 하지만 이제 시간이 별로 없다. 기다리다 지쳐 북쪽으로 머리를 향하고 눕고 마는 실향민들이 자꾸 늘고 있기 때문이다.

가을이 되면 향수병이 더욱 깊어지시는 어머니가 뜰에 핀 국화꽃에 물을 주다가 말씀하신다. "이맘때면 우리 과수원에는 사과가 주렁주렁 열리고 온 세상이 사과 냄새로 진동했댔는데……."

아버지는 '아버지가 해야 할 일'도 잊으시고 고향도 못 가보고 그만 떠나 버리셨지만, 우리 어머니는 무슨 일이 있어도 '오마니가 해야 할 일'을 잊지 않으셨으면 좋겠다.

너는 누구냐?

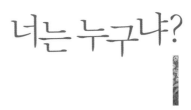

어떤 여자가 중병에 걸려 한동안 무의식 상태에 빠져 있었다. 이세상과 저세상의 경계선을 방황하고 있는데 갑자기 몸이 위로 붕 뜨는 것 같은 느낌이 들었다. 딱히 설명할 수 없지만 그녀는 자신이 하느님 앞에 서 있다고 확신했다. 모습은 보이지 않고 어디선가 근엄하면서도 온화한 목소리만 들렸다.

"너는 누구냐?"

"저는 쿠퍼 부인입니다. 시장의 안사람이지요."

"네 남편이 누구냐고 묻지 않았다."

목소리가 다시 엄숙한 어조로 말했다.

"너는 누구냐?"

"저는 제니와 피터의 어미입니다."

"네가 누구의 어미냐고 묻지 않았다. 너는 누구냐?"

"저는 선생입니다. 초등학교 학생들을 가르칩니다."

"너의 직업이 무어냐고 묻지 않았다. 너는 누구냐?"

목소리와 여자는 묻고 대답하기를 계속했다. 그러나 여자가 무슨 말을 하든지 목소리의 주인을 만족시키지 못했다. 목소리가 다시 물었다.

"너는 누구냐?"

다시 여자가 대답했다.

"저는 기독교인입니다."

"네 종교가 무언지 묻지 않았다. 너는 누구냐?"

"저는 매일 교회에 다녔고 남편을 잘 내조했고, 열심히 학생들을 가르쳤습니다."

"나는 네가 무엇을 했는지 묻지 않았다. 네가 누구인지 물었다."

결국 여자는 시험에 실패한 모양이었다. 다시 이 세상으로 보내졌기 때문이다. 병이 나은 다음 그녀의 삶은 많이 달라졌다.

어젯밤 무심히 TV를 켰는데 마침 1970년대에 인기 있었던 어느 가수가 '얼굴'이라는 노래를 부르고 있었다. "동그라미 그리려다 무심코 그린 얼굴, 내 마음 따라 피어나던 하이얀 그때 꿈을, 풀잎에 연 이슬처럼 빛나던 눈동자, 동그랗게 동그랗게 맴돌다 가는 얼굴……." 정말 오랜만에 듣는 노래였다. 조용하고 아름다운 그 선율은 대학 시절에 듣고는 한동안 듣지 못했지만, 흘러간 세월을 훌쩍 뛰어넘어 거침없이 내 입에서 흘러나왔다.

최루탄 연기와 시위대의 함성이 거리를 메우고, 탱크만이 텅 빈 캠퍼스를 지키고 있던 시절 — 이십 대에 보는 세상은 혼돈에 가득 차 있었고 내 앞에 놓인 수많은 인생의 갈림길이 오히려 고뇌로 다가왔던 그때, 그러나 여전히 삶은 꿈과 낭만으로 가득 차 있었으며, 송두리째 마음을 걸고 열정적으로 사랑하기를 두려워하지 않는 용기가 있었다.

그때 앞으로 내가 살아갈 삼십 대와 사십 대는 이 세상에 내가 왜 존재하는지 의미를 찾고, 나의 삶이 헛되지 않을 뿐 아니라 참으로 의미 있고 보람된 삶이라는 것을 증거하는 시기일 거라고 생각했다. 그러나 지금 와서 돌이켜 보면 '동그라미 그리려다 무심코 그린 얼굴……'이라는 노래 가사처럼 살아오면서 우연히 맞닥뜨린 소중한 '얼굴'들이 있을 뿐, '…하려다가' 말아 버린, 내 의도와는 다르게 빗나가고 좌절된 꿈만이 무성한 것이 내 삶이다.

내가 이제 죽어 심판대에 서 있고, 누군가 내게 '너는 누구냐?'라는 질문을 한다면 무엇이라고 답할까? 나도 이야기 속의 여자처럼 '나는 누구의 딸이고, 누구의 선생이고, 누구의 이모이고, 학생들을 가르쳤고 등등'의 대답 말고 진정 내가 누구라고 답할 수 있을까?

누군가 '명마는 뒤를 돌아보지 않고 앞만 보고 뛴다'고 했다. 나도 삶의 '명마'가 되기 위해 이제껏 뒤 한 번 안 돌아보고 좀 더 좋아 보이는 자리, 좀 더 편해 보이는 자리를 위해 질주했고, 숨 헐떡이며 지금의 이 자리까지 왔다. 그렇지만 나는 아직도 내가 누구인지 잘 모른다. 오늘 들어온 우편물 봉투마다 인쇄된 수신자 주소에는 '장영희 교수', '자문위원', '이사', '간사' 등등 다양한 타이틀도 많지만, 그 어느 것도 진짜 내가 누구인지 말해 주지 않는다.

내가 아는 사람 하나는 오퍼상인가를 하면서 돈도 많이 벌었는데 어느 날 갑자기 소설을 쓰겠다고 선언하고, 강원도 두메산골에 오두막 한 채를 지어 내려갔다. 떠나면서 그가 말했다.

"내가 나를 알지요. 이렇게 하지 못하면 아마 죽을 때 눈을 감지 못할 거예요. 이 세상 모든 사람을 감동시키는 필생의 역작을 써볼 겁니다."

그가 정말 필생의 역작을 쓸 수 있을지 없을지는 중요하지 않다. 그토록 확신에 차서 "내가 나를 알지요"라고 말하고, 용기를 낼 수 있는 그가 부러웠다.

"내가 이 세상에 태어나서 제일 하고 싶은 일은? 내가 죽기 전에 꼭 이루고 싶은 것은? 지금 내가 이 세상에서 제일 좋아하는 것은?" 나는 이 모든 질문에 선뜻 대답할 말이 없다. 그렇다면 지금 나의 삶에 만족하는가? 그것조차 모르겠다. 그런 것 같기도 하고 그렇지 않은 것 같기도 하다.

아이로니컬한 것은, 나는 이제껏 나만 보고 살았는데, 열심히 나를 지키고, 내가 원하는 것을 들어주고 나만을 보살피며 살았는데, 그러니까 이 세상에서 나를 제일 잘 아는 사람은 나여야 하는데, 그렇지 못하다는 것이다.

토머스 머튼이라는 신학자는 "이 세상에서 오직 하나의 참된 기쁨은 진정한 자신을 발견하는 것이고 '자기'라는 감옥에서 빠져나오는 것"이라고 말했다. 그러나 나는 아직도 창살 없는 그 감옥에 나를 가두고 온갖 타이틀만 더덕더덕 몸에 붙인 채 아직도 내가 누군지 모르고 살아가고 있다.

새처럼 자유롭다

이 나이에도 가끔 호기심 많은 우리 학생들에게 왜 결혼하지 않고 혼자 사느냐는 질문을 받는다. 그럴 때마다 내 대답은 간단하다.

"그냥 게을러서."

학생들은 내가 무슨 대단한 연애 이야기라도 있는데 슬쩍 넘어가는 줄 알지만, 그 말은 속속들이 진실이다. 내 한 몸 치다꺼리도 힘든데 남편과 아이들까지 신경 쓰기에 나는 정말 너무나 게으르고 이기적이다.

그래도 가끔씩 남편이라는 존재가 있었으면 하고 바랄 때가 있다. 예를 들어 내가 참으로 소질 없는 행정 업무 — 고지서 정리나 세금 신고, 은행 업무 등을 대신해 주거나, 집에서 컴퓨터나 다른 기계류가 고장 났을 때 금방 고쳐 줄 사람이 늘 곁에 있다면 무척 믿음직스럽고 편할 것이라는 생각을 해보곤 한다.

그러나 무엇보다 남편이라는 존재가 제일 아쉬울 때는 길을 잘 모르는 장소에 혼자 가야 할 때이다. 나의 방향 감각이 병적일 정도로 지독하게 나쁘다는 것, 아니 아예 방향 감각 없이 태어났다는 것은 아는 사람은 이미 다 아는 사실이다. 사실 그건 장씨 가문에 대대로 내려오는 성향으로 우리 형제들도 나보다 그다지 나을 것이 없다. 그럼에도 동생들은 모두 남편이 방향의 귀재들이라 전혀 불편 없는 삶을 살고 있다. 조금이라도 길이 익숙하지 않은 곳에 갈 때는 남편들이 데려다주거나 함께 가주기 때문이다. 그러나 나는 그런 남편이 없으니 어딜 가나 걸핏하면 길을 잃고 끝없이 헤매며 하루하루를 힘겹게 산다.

지난 토요일에는 학회에 참석하기 위해 중앙대학교에 다녀오는 길에 길을 잃어버렸다. 짐이 많으므로 내 차를 가져가기 위해, 그 전날 택시를 타고 세 번이나 왕복하며 연수를 했지만 별 소용이 없었다. 이리저리 헤매다 보니 점점 날은 어두워지고 갑자기 비까지 쏟아지기 시작했다. 길이 온통 검은 거울처럼 반사되어 차선조차 잘 보이질 않았다. 표지판을 봐도 뭐가 뭔지 모르겠고 다른 운전자에게 물어봐도 워낙 방향을 모르니 제대로 알아들을 수가 없었다.

길 한복판에서 내가 어디에 있는지, 오른쪽으로 가야 할지 왼쪽으로 가야 할지 전혀 모를 때의 그 지독한 좌절감, 그것은 겪어 보지 않은 사람은 모른다. 진로 방해한다고 요란하게 경적을 울리며 내 옆을 미끄러지듯 빠져나가는 차들을 보며 나는 생각했다. 이런 고뇌에서 헤어나는 방법은 단 두 가지 — 돈을 많이 벌어 기사를 고용하거나 방향 감각이 탁월한 남편을 얻거나 하는 것뿐인데, 아무래도 후자 쪽이 더 현실적일 것 같았다.

그래서 남편이라는 존재가 새롭게 부각되고 있는 요즈음, 어제는 시간이 좀 나서 머리를 자르려고 이화여대 근처에 있는 미용실에 갔다. 차례를 기다리느라고 여성지를 보고 있는데 바로 내 옆에서 대학생인 듯 보이는 젊은 남자가 무엇 때문인지 안절부절못하고 있었다. 곧 예쁘장한 여학생이 머리에 가득 롤을 말고 활짝 웃으면서 "오빠, 심심하지?" 하며 다가왔다. 남학생은 다짜고짜 조그만 목소리로, 그러나 날카롭게 말했다. "너 왜 내 말 안 듣니? 왜 그렇게 가느다란 롤을 말았어? 그럼 머리가 너무 꼬불꼬불해질 것 아냐?"

여학생은 여전히 눈웃음치며 상냥한 목소리로 대답했다. "오빠, 이건 롤 스트레이트야. 미용사 언니가, 내 머리가 숱이 적어서 이렇게 안 하고 그냥 스트레이트로 하면 너무 납작해진대." "난 납작한 머리가 좋아!" 남학생은 심통 맞게 대꾸하며 덧붙였다. "지난번에도 내 허락 없이 파마하더니 이번엔 더 꼬불꼬불하게 만들어 놔?"

비슷한 대화는 계속 이어졌고, 나는 벌떡 일어나 "야, 너 그만두지

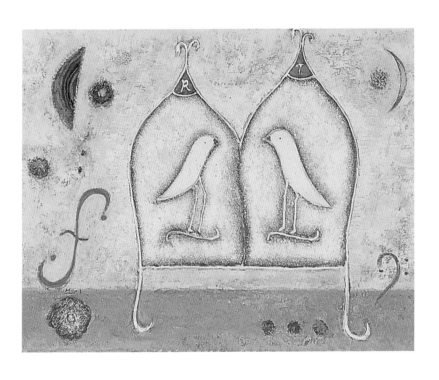

못해? 그게 쟤 머리지 네 머리냐?" 하고 소리 지르고 싶은 충동을 혼신을 다해 참고 있었다. 아무리 사랑에 빠진 젊은 남녀라지만, 한갓 머리털에 목숨 거는 남자와 여자의 끝없는 인내가 내겐 거의 절망스럽게 느껴졌다.

미용실을 나온 후 세 명의 다른 교수와 함께 일하고 있는 신촌 부근의 오피스텔로 갔다. 조만간 출판해야 할 책이 있어 지난 3개월간 거의 밤낮으로 함께 일하고 나니 지금은 그야말로 가족만큼이나 서로의 버릇이나 성격에 대해 잘 아는 사이가 되었다. 그중에 젊은 남자 교수가 있는데, 결벽증에 가까울 만큼 깔끔한 성격의 소유자다.

그는 오피스텔에 들어서자마자 늘 검지로 책상 위 먼지를 점검하고 화장실을 매일 직접 청소한다. 먼지 알레르기가 있다는 그는 지난 황사 때 어찌나 자주 재채기를 해대던지, 혹시 기도가 막혀 질식하는 건 아닌지 걱정될 지경이었다. 네 명이 커다란 책상을 함께 쓰는데 그의 자리는 늘 완벽하게 정리가 되어 있는 것은 물론, 볼펜도 책도 책상 가장자리와 직각으로 놓여 있다. 파는 음식은 먹지 않고 도시락을 싸 가지고 다니며, 잠은 꼭 하루에 네 시간만 자는 것도 그의 원칙 중 하나이다.

그러니 워낙 정리성 없고 깔끔하지 못한 나와 사사건건 부딪치는 것은 당연한 일이다. 하지만 서로 예의를 지키며 그저 책 제작이 끝날 날만을 고대할 뿐이다. 그런데 어제는 또 다른 신경전이 벌어졌다. 컴퓨터가 고장 나서 손으로 글을 쓰는데, 그는 내가 써 놓은 것을 일일이 다시 베끼는 것이었다. "왜 다시 쓰세요?" 하고 묻자 "편집하는 사람이 못 알아볼뿐더러 이렇게 갈겨쓴 필체를 보면 제 머리가 기능을 안 해서요"라고 답했다.

나는 할 말이 무척 많았지만 그냥 침묵해 버렸다. 그러면서 문득 그의 결벽과 질서의 기대치에 부응하기 위해 그 부인이 겪어야 할 고통을 생각했다. 내게 방향 감각이 뛰어난 남편이 있어서 여기저기 가야 할 곳을 데려다준다면 물론 좋은 일이다. 그러나 그 사람이 내 머리 스타일이 어쩌고저쩌고, 내 지저분한 책상, 내 버릇, 필체 하나하나를 걸고넘어지면 어떻게 할 것인가.

지금 나는 머리를 탁발승처럼 깎는다 해도 뭐라 할 사람 없고, 발 디딜 틈 없을 정도로 방이 어지러워도 아무도 뭐라 하지 않는다. 내 폐는 먼지에 익숙해서 아마 공사장 한가운데 앉아 있어도 숨 쉬는 데 별로 지장이 없을 것이다. 또 스무 시간을 내리 자도 잔소리하는 사람 하나 없다.

물론 이런 내 버릇들이 자랑스럽다는 것은 아니다. 그러나 다른 사람과 함께 살기 위해 내 버릇을 고치거나 다른 사람이 나와 다를 수 있다는 점을 이해하기에 나는 역시 너무나 이기적이고 게으르다.

오늘 오후 출판사 가는 길에 나는 또 길을 잃었다. 지난주 연수를 하면서 육교에 붙은 '머털 도사'라는 아동극 광고를 우회전 표시로

삼았는데 그것이 무슨 콘서트 광고로 바뀌는 바람에 '머털 도사' 광고판만 찾다가 그냥 지나쳐 버린 것이다. 한참을 헤매다 나는 길 옆쪽으로 차를 세웠다. 날은 어두워지고 또 비가 오기 시작했다. 갑자기 무서운 생각이 들었다. 하지만 난 스스로를 달랬다.

"그래도 지금 내가 여기서 왼쪽으로 가야 할지 오른쪽으로 가야 할지 결정하는 건 순전히 내 자유의지야. 여차하면 차 버리고 택시 타고 가면 되지. 길에서 끝없이 헤매는 것이 인생에서 끝없이 헤매는 것보다는 나으니까."

김점선 스타일

초록색 풀밭 위의 빨간 말. 무얼 보았는지 반가운 마음에 그쪽을 향해 뛰어가려고 엉덩이를 쭉 빼고 앞다리에 힘을 불끈 준다. 갈기를 휘날리며 코를 벌름벌름, 표정은 무언가 재미있어 죽겠다는 듯, 금방이라도 우하하 폭소를 터뜨릴 것만 같다. 아무리 멀리, 높이 뛰어도 걸릴 것 하나 없는 완벽한 자유를 향해 뛰어간다. 이에 장단 맞추듯, 초원의 풀들도 위로 쭉쭉 뻗어 새파란 하늘까지 닿았다. 그래서 하늘 몇 조각이 후두둑 풀밭에 떨어졌다.

김점선 씨가 이 초록빛 풀밭의 행복한 말을 장영희의 말로 지정한 이유는 뭘까? 황우석의 줄기세포 꿈은 멀리 가버렸지만 금방이라도 뒷다리를 쭉 펴고 벌떡 일어날 듯한 저 빨간 말의 힘을 소망했을까.

김점선 | 장영희에게

아니면 네 평짜리 비좁고 복잡한 연구실에 갇혀 이런저런 집착의 끈을 놓지 못하고 사는 내게 저 넓은 초원의 자유를 선사하고 싶었을까. 아니, 그보다 난 아무리 생각해도 바로 저 표정, 금방이라도 웃음이 터질 듯한 표정 때문에 이 예쁜 빨간 말이 내 말이 되었다고 생각한다.

나는 김점선 씨 옆에 있으면 늘 그렇게 웃기 때문이다. 사는 게 재미있어 못 견디겠고, 이 세상에 존재하는 평화와 행복을 주체할 수 없어서 끝없이 웃는다. 그녀의 순발력과 기발함, 그녀의 활기가 지리멸렬한 삶에서 나를 해방시켜 주기 때문이다.

김점선 씨는 이제껏 내가 만난 사람 중에 가장 겉과 속이 다른 사람이다. 겉모습은 터프하지만 속은 말랑말랑하고 여리다. 겉은 씩씩하고 대범하지만 속은 섬세하고 여리다. 겉은 무뚝뚝해 보이지만 속은 한없이 순하고 착하다. 겉으로는 짐짓 무관심, 모르는 척하지만, 그녀의 머리는 비상하여 이 세상의 모든 지식에 해박하다. 무엇보다, 겉으로는 엄숙해 보이지만 그녀는 끝없이 유쾌, 통쾌, 명쾌하다.

김. 점. 선. 한마디로 그녀는 그녀가 그려 내는 그림처럼 내 눈앞에 실체로 존재하는 아름다운 환상이다. 이름만 들어도 저 빨간 말처럼 반가운 마음으로 얼굴에 함박웃음을 지으며 그녀를 향해 달려가고 싶은.

이 글은 김점선 씨를 아는 지인들이 그녀가 각기 지정해 준 말 그림을 보고 단상을 쓸 때 적었던 것이다. 이 짧은 글을 내 마음에 영원히 남아 있는 故 김점선 씨에게 바친다.

'좋은' 사람

중학생 조카 범서도 이발할 때가 되었다고 함께 머리 다듬으러 미장원에 갔던 동생이 현관에 들어오면서 큰 소리로 말했다.

"엄마가 뭘 잘못했다고 그러니? 그럼 머리를 그렇게 뚜껑 머리로 만들어 놓는데 가만히 보고만 있으란 말이야?"

범서는 아무런 대답도 없이 뿌루퉁한 얼굴로 2층으로 올라가 버렸다. 사연인즉슨, 미장원에 새로 온 미용사가 범서의 머리를 자르는데 손 놀리는 품이 너무 초보인 데다가 머리를 삐뚤게 자르기에 "그렇게 올려 깎으면 어떡해요? 게다가 삐뚤어지게"라고 동생이 한마디 했다는 것이다. 그랬더니 주인아줌마가 와서 미용사를 꾸짖고는 직접 범서의 머리를 다듬었고, 그 초보 미용사는 울면서 그냥 안으로 들어가 버렸다는 것이다.

범서는 엄마가 좋게 말할 수도 있었는데 애당초 꾸짖듯이 말했고, 게다가 주인아줌마에게 들릴 정도로 큰 목소리로 말했기 때문에 그 미용사의 마음에 크게 상처를 주게 되었다는 것이 불만이었다. 동생은 다시 2층에 대고 소리 질렀다.

"사내자식이 그렇게 마음이 여려서 험한 세상 어떻게 살래? 이런 저런 사정 다 봐주다가 결국 손해 보는 건 넌데!"

그러고는 다시 혼잣말처럼 덧붙였다.

"쟨 어렸을 때부터 그러더니 왜 저렇게 성격이 안 변하나 몰라."

범서는 어렸을 때 "너 크면 어떤 사람 될래?" 하고 물으면 그 뜻을 아는지 모르는지 무조건 "좋은 사람 될래"라고 대답하곤 했다. 무엇이든 '좋은' 것이 어른들의 마음을 흡족하게 한다고 생각한 어린아이의 자기방어였을 것이고, 그 말처럼 범서는 늘 남을 잘 배려하고 따뜻한 마음을 가진 착하고 '좋은' 아이로 잘 자라고 있다.

그렇지만 동생은 오히려 그게 큰 걱정이다. 걸핏하면 남에게 양보하기를 좋아해 제 것 제대로 못 챙기고, 마음이 너무 좋아 약삭빠르고 계산적인 데가 없으니, 남에게 이용만 당하고 사회에서 성공하지 못할까 봐 걱정이라는 것이다.

아닌 게 아니라 '좋다'라는 말을 우리말 사전에서 찾아보면 '마음에 만족하다, 품질이 나쁘지 않다, 솜씨가 뛰어나다' 등으로 물건의

질을 평가하거나 양호함을 설명하고 있지만, 이 형용사가 '사람'을 수식하면 대부분 특정한 인간적 성향을 설명한다. 적어도 개인적으로 내가 느끼는 '좋은 사람'은 사회적 위치나 재정적 상태와는 상관없이 별로 튀지 않고 마음이 넓고, 정답고, 남의 어려움을 잘 이해할 줄 아는 사람이다.

그런데 우리는 간혹 "그 사람, 사람은 좋은데……"라는 말을 하며, 말끝에 보통 '맺힌 데가 없다'든지 '악착같은 데가 없다'든지를 덧붙여서, 동생의 말처럼 약삭빠르지 못하고, 세상의 경쟁에서 살아남기에는 부적격한 사람으로 판정할 때의 선제 조건(?)으로 쓰곤 한다.

'좋은 사람' 하면 나는 장기려 박사가 생각난다. 북에 부인을 두고 와서 일생 동안 홀로 가난한 사람을 도와주며 살던 그와의 인터뷰에서 기자가 '유명한 의사'라는 호칭을 썼다. 그러자 그가 씁쓸하게 웃으며 대답했다.

"'유명한 의사'가 되는 것은 그다지 어렵다고 생각지 않습니다. 그러나 진정 '좋은 의사'가 되는 것은 참으로 어렵습니다."

미국 유학 시절 어떤 선생님의 정년 퇴임식에 참석한 적이 있었다. 동료 교수 한 분이 송별사를 하면서 말씀하셨다.

"내가 읽은 책의 내용 중에서 가장 인상 깊은 장면 중 하나가,《백경》에서 에이하브가 일등 선원 스타벅에게 하는 말이요. '당신은 좋은 사람이요.' 그리고 매클레인 박사, 오늘 나는 당신에게 그 말을 쓰고 싶소. 당신은 좋은 사람이오(Dr. McClean, you're a good man)."

영국 중세문학의 최고 권위자이며 유명한 석학이었던 매클레인 선생님은 답사에서 눈물까지 글썽이며 '좋은 사람'이라는 말은 자신이 이제껏 들은 그 어떤 찬사보다 더 값지고 소중한 말이라고 했다. 아직 이십 대였던 나는 그때 두 분의 우정에 감탄했을 뿐, '좋은 사람'의 의미에는 별 관심이 없었다. 아니, '좋은 사람'은 특징 없고 재미없는 사람이라고 생각했다.

하지만 세월이 많이 흐른 지금, 나는 새삼 '좋은 사람'에 대해 생각한다. 그리고 정말 누구의 마음에 '좋은 사람'으로 남는 게 얼마나 힘들고, 소중한지 깨닫기 시작한다. 누군가 단 한 사람이라도 따뜻한 마음, 아끼는 마음으로 날 '좋은 사람'으로 기억해 준다면 수천 수만 명 사람들이 다 아는 '유명한' 사람이 되는 일보다 훨씬 의미 있는 일이기 때문이다.

삶을 다하고 죽었을 때 신문에 기사가 나고 모든 사람이 단지 하나의 뉴스로 알게 되는 '유명한' 사람보다 누군가 그 죽음을 진정 슬퍼해 주는 '좋은' 사람이 된다면 지상에서의 삶이 헛되지 않을 것이다. 세상은 모든 사람이 알아봐 주고 대접해 주는 '유명한' 사람이 되고 싶은 사람으로 가득 차 있지만, 그래도 간혹 범서처럼 '좋은 사람'이 되고 싶은 사람들이 있어 그나마 그 온기로 세상이 뒤뚱뒤뚱 돌아가고 있는지 모른다.

하지만 남 탓해 무엇하랴. 내 마음속 어딘가도 분명히 '좋은 선생'보다는 '유명한 선생'이 되어 보고 싶은 생각이 있음에 틀림없다. 벌써 방학이 반도 넘게 지났는데 다음 학기 준비는커녕 없는 재주에 글 하나 쓰겠다고 이렇게 머리를 벽에 부딪고 앉아 있으니 말이다.

스물과 쉰

오후에 오랜만에 고등학교 동창이 찾아와서 이야기를 나누었다. 한때는 인정받는 컴퓨터 프로그래머였던 친구는 5, 6년 전에 소위 '명퇴'를 당하고 그냥 이런저런 봉사활동을 하며 소일하고 있다고 했다.

"아직도 일하라고 하면 잘할 수 있을 텐데, 이제는 어디 가나 무용지물에 퇴물 취급이니……. 봉사 나가는 곳에서도 젊은 사람들을 더 좋아하더라고. 넌 젊은 애들 사이에서 살아서 모를 거야. 난 젊은 애들 앞에서 주눅 들어."

허탈하게 말하는 친구에게 나는 대답했다.

"애, 주눅은 무슨 주눅! 죽자 사자 열심히 살았는데 무슨 죄 지었어?"

친구가 간 후 볼일이 있어 백화점에 들렀다가 배가 고파 지하 식품 매장에 갔다. 엘리베이터를 타기 위해 1층을 가로질러 가는데 얼핏 화장품 진열대에 놓인 거울에 내 얼굴이 비쳤다. 오후가 되니 화장이 들떠 입가의 팔자 주름은 가뭄에 논 갈라지듯이 깊은 골짜기를 이루었고 눈 밑 주름은 더욱 자글자글해 보였다. 나잇살인지 청승살인지, 젊을 때보다 더 많이 먹는 것도 아닌데 날이 갈수록 몸무게가 늘어 이제는 아예 얼굴이 어깨에 딱 붙은 듯, 목이 없어 보였다.

게다가 나이 들수록 식탐이 더 심해지는지, 무얼 먹을까 생각하는 일은 늘 행복한 고민이다. 냉면을 먹을까, 칼국수를 먹을까, 아니면 비빔밥? 이리저리 음식 부스를 기웃거리는데 마침 유리 케이스 안에 진열된 먹음직스러운 일본식 김밥들이 눈에 들어왔다. 내가 다가가자 젊은 여종업원이 반갑게 인사했다. '무슨 마끼를 먹을까. 레인보우? 크런치?' 여러 가지 색깔의 날치알과 야채로 화려하게 장식된 김밥들 중 '레인보우'라고 쓰인 마끼를 가리키며 물었다.

"이것 맛있어요?"

"그럼요, 맛있어요. 근데 그건요, 젊은 분들이 좋아하는 거예요. 나이 드신 분들은 그냥 프라이드 마끼를 많이들 드세요."

그냥 프라이드 마끼? 괜히 새로운 것 먹으려는 당치 않은 생각 말고 먹던 것이나 먹으라는 말로 들렸다.

"늙으면 먹는 것도 다른가요?"

반기를 들려고 눈을 든 순간 나는 금방 꼬리를 내렸다. 야들야들하고 투명한 피부, 윤기 나는 검고 싱싱한 생머리, 탱탱한 가슴 그리고 그렇게 작은 공간에 내장이 다 들어 있을지 의심이 갈 정도의 가늘고 납작한 허리 ― 아니 그보다 온몸으로 발산하고 있는 당당한 젊음의 위력에 주눅 들었기 때문이다.

이 늘어진 뺨으로, 군살 붙은 아랫배로 언감생심 내가 젊은이들이 먹는 레인보우 마끼를 먹는 새로운 모험을 하려고 했다니…….

"그럼 그냥 프라이드 마끼 주세요."

나는 기어들어 가는 목소리로 말했다. 구태의연하기 짝이 없는 프라이드 마끼 한 봉지를 사 들고 나오면서 그래도 좀 억울한 생각이 들었다.

나이 들어 간다는 것은 무엇인가, 먹는 것도 다른 '별종'이 되어 가는 일인가. 돌이켜 보면 나도 스무 살 때쯤엔 쉰 살 먹은 사람들을 보면 스무 살이 나이 먹어 저절로 쉰 살이 되는 게 아니라 애당초 쉰 살로 태어나는 무슨 별종 인간들처럼 생각했다. 눈가의 잔주름과 입가의 팔자 주름을 짙은 화장으로 필사적으로 감추고, 단순히 생물학적 연륜만으로 아무 데서나 권위를 내세우고, 자신의 외로움을 숨기려 일부러 크게 웃고 떠들고, 가난한 과거에 진 원수를 갚듯이 목젖이 다 보이게 입을 쩍 벌리고 밥을 먹는, 조금은 우스꽝스럽고 조금은 슬픈 존재들…….

어떤 이들은 나이 들어 가는 일이 정말 슬픈 일이라고 한다. 또 어떤 이들은 나이 들어 가는 것은 정말 아름다운 일이고 노년이 가장 편하다고 한다. 그런데 내가 살아 보니 늙는다는 것은 기막히게 슬픈 일도, 그렇다고 호들갑 떨 만큼 아름다운 일도 아니다. 그야말로 젊었을 때와 마찬가지로 '그냥' 하루하루 살아갈 뿐, 색다른 감정이 새로이 생기는 것도 아니다.

또 나이가 들면 기억력은 쇠퇴하지만 연륜으로 인해 삶을 살아가는 지혜는 풍부해진다고 한다. 하지만 그것도 실감이 안 난다. 삶에 대한 노하우가 생기는 것이 아니라 단지 삶에 익숙해질 뿐이다. 말도 안 되게 부조리한 일이나 악을 많이 보고 살다 보니 내성이 생겨, 삶의 횡포에 좀 덜 놀라며 살 뿐이다.

하지만 딱 한 가지, 나이 들어 가며 내가 새롭게 느끼는 변화가 있다. 예전에는 보이지 않던 것들이 보인다. 세상의 중심이 나 자신에서 조금씩 밖으로 이동하기 시작한다. 나이가 드니까 자꾸 연로해지시는 어머니가 마음 쓰이고, 파릇파릇 자라나는 조카들이 더 애틋하고, 잊고 지내던 친구들이나 제자들의 안부가 궁금해지고, 작고 보잘것없는 것들이 더 안쓰럽게 느껴진다. 그러니까 나뿐만이 아니라 남도 보인다. 한마디로 그악스럽게 붙잡고 있던 것들을 조금씩 놓아 간다고 할까, 조금씩 마음이 착해지는 것을 느낀다.

결국 이 세상을 지탱하는 힘은 인간의 패기도, 열정도, 용기도 아니고 인간의 '선함'이라고 나는 생각한다. 인간 자체에 대한 연민, 자신뿐 아니라 남을 생각할 수 있는 그런 선함이 없다면, 그러면 세상은 금방이라도 싸움터가 되고 무너질지 모른다.

그렇지만 이런 발상들 자체가 나이 듦에 대한 나의 합리화일 것이다. 그래도 아까 그 '레인보우' 마끼를 못 먹은 데 대해 옹색한 변명이라도 하고 나니 속이 좀 시원하다.

속는 자와 속이는 자

우리 조교가 며칠 전에 좀 황당한 일을 당했다고 한다. 길을 가는데 청년 하나가 좌판을 놓고 손목시계를 팔고 있었다. "예쁜 시계 하나에 오늘만 2천 원이요! 오늘만 2천 원!" 하는 소리에 동생 것까지 시계 두 개를 골랐다. 시계를 받아 들고 4천 원을 주자 청년은 눈을 크게 뜨고 2만 4천 원인데 왜 4천 원만 주느냐고 했다. 2천 원이라고 하지 않았느냐는 조교의 말에 청년은 당치 않은 소리 말라며, "오늘 만 2천 원이요"라고 했다는 것이었다.

분명히 '2천 원'이라고 힘주어 얘기하지 않았느냐고 따지는데 어디선가 갑자기 덩치가 큰 청년이 나타났고, 위협을 느낀 조교는 시계 두 개가 아닌 한 개를 사는 것으로 타협하고 만 2천 원을 주고 왔다고 했다. 기껏해야 3, 4천 원 하는 시계를 꼼짝없이 만 2천 원 주고 산 셈이다.

19세기 영국 작가 찰스 램은 인간을 크게 두 가지 유형, '빚을 지는 자와 빚을 지지 않는 자'로 나누었지만, 내가 생각하기엔 '속는 자와 속지 않는 자'로 나누는 것도 괜찮을 듯싶다. 내 주변을 보면 좀 어수룩해서 무조건 남의 말을 믿고 잘 속아 넘어가는 사람이 있는가 하면 명석하고 눈치가 빨라 여간해서 잘 속아 넘어가지 않는, 완전히 변별되는 두 그룹이 있기 때문이다.

그렇게 따지면 나는 단연 전자 쪽에 속한다. 사람들이 무슨 말을 하면 나는 무조건 믿고 본다. 내 마음이 너무 순수해서 또는 말하는 사람의 뜻을 존중해서가 아니라 천성이 게으른 탓에 '저 말이 진짜일까 가짜일까' 하고 머릿속으로 계산하는 것이 번거롭고 귀찮아 그냥 믿어 버린다. 그러다 보니 아주 사소한 일로 속임의 대상이 되거나 남의 의중을 제대로 간파하지 못해서 큰 실수를 하거나 때로는 우리 조교처럼 '사기'라는 것을 당하기도 한다.

지난주에는 퇴근하고 신촌 로터리 쪽으로 차를 모는데 연말이라 교통이 복잡한 가운데 승합차 하나가 다른 차들을 비집고 내 옆쪽으로 왔다. 조수석에 앉은 청년이 유리창을 내리고는 이렇게 말했다.

"아줌마, 비싼 굴비 그냥 드릴게요!"

'그냥'이라는 말에 귀가 번쩍 틔었다.

"우리는 신촌 ○○백화점 납품업체인데 오늘 물건들 내리다 보니 장부에 기록 안 된 것들이 있어서 그냥 가져가는 중이거든요. 우리는 필요 없는데 그래도 버리기 아까우니까 그냥 드릴게요."

나는 어머니가 신정 때 아버지 차례상에 놓을 굴비가 필요하다는 말씀을 하신 것이 기억났다.

"굴비요? 공짜라고요?"

머뭇거리는 나를 청년은 길 옆쪽으로 안내하고는 큰 나무 상자에 든 굴비 세트를 가져왔다. 아닌 게 아니라 굴비 열 마리가 나무 상자에 아주 고급스럽게 포장되어 있었다.

"원래 백화점에서 78만 원짜리인데 도로 회사에 갖다준다고 해서 칭찬받을 것도 아니고, 그냥 담뱃값만 받고 넘기려고요."

청년은 한 세트에 8만 원만 받겠다고 했다. 공짜로 준다더니 왜 딴 말하느냐는 나의 말에 그는 "진짜 가격의 10%도 안 되는데 공짜나 다름없죠. 아줌마 일확천금하는 거예요!"라고 하는 것이었다.

결국 나는 굴비 두 세트를 15만 원에 깎아 '싸게' 샀고, 그야말로 일확천금이라도 한 듯, 의기양양하게 어머니에게 갖다 드렸다. 그러나 웬만해서는 '속지 않는' 부류에 속하는 우리 어머니는 그 굴비를 보자마자 그건 '굴비'가 아니라 중국산 '부세'이며, 마리당 4, 5백 원도 안 한다고 하셨다.

굴비가 암만 비싸도 열 마리에 78만 원이라는 말을 믿었던 나도 한심하지만, 지금 생각해도 모를 일은 그 청년들이 신촌 로터리의 하고많은 차 중에서 왜 하필이면 나를 따라왔느냐는 것이다. 멀리서 보기에도 어수룩하게 보였는지, 나를 찍은 그들의 예상대로 제대로 속아 준 셈이었다.

며칠 전에는 오전에 중요한 약속이 있어서 시내에 나가는데 초행길이라 택시를 타고 가기로 했다. 집 앞에 서 있는데 빈 택시는 없고, 간혹 지나가는 택시들은 이미 꽉 차서 합승조차 할 수 없었다. 약속 시간은 자꾸 다가오고, 날씨는 어찌나 추운지 온몸이 얼어붙는 듯했다. 그때 마침 택시 하나가 오더니 내 앞에 섰다. 젊은 기사가 내 목발을 보면서 말했다.

"이 손님들 모셔다 드리고 금방 올 테니까 한 2~3분만 기다리세요."

택시는 골목길로 들어갔고 나는 안도의 한숨을 내쉬었다. 그런데 무슨 운명의 장난인지, 금방 빈 택시 하나가 오는 것이었다. 순간 나는 갈등했다. 그 차를 잡을지, 아니면 나를 위해서 곧 돌아오기로 한 택시를 기다려야 할지. 나는 그 고마운 기사를 기다리기로 하고 빈 택시를 그냥 보냈다. 그런데 5분, 10분이 지나도 택시는 돌아오지 않았다.

15분가량 지났을 때 나는 문득 '아차' 싶었다. '또 속았구나.' 목발 짚고 서 있는 모습이 독특하게 보여서 좀 골탕 먹이고 싶었거나, 아니면 그냥 순전히 재미로 거짓말했는지도 모른다. 지금쯤 회심의 미소를 지으면서 다른 손님을 태우고 어디론가 가고 있는 것이 분명했다. 나는 내가 다시 속임의 대상이 되었다는 것에 너무나 큰 충격을 받았다.

왜 나는 그렇게 잘 속아 넘어갈까? 얼마나 호락호락해 보이면 허구한 날 속임의 대상이 될까? 나는 지독한 자괴감에 빠졌다. 중요한 약속이고 뭐고, 만사가 귀찮았다. 막 다시 집으로 들어가려는데 택시 한 대가 급하게 골목길을 빠져나왔고, 아까 그 청년 기사가 황급히 차에서 내렸다.

"아이쿠, 죄송해요. 이걸 어쩌나. 도와드린다는 것이……."

청년은 정말 어쩔 줄 몰라 하며 어깨에 멘 내 가방을 들어 주었다. 차바퀴가 얼음 구덩이에 빠진 채 헛돌아 근처 가게에서 뜨거운 물을 얻어다 붓고 나서야 간신히 빠져나왔다는 것이었다.

차에 올라타자 청년 기사가 말했다.

"다른 손님들이 차를 잡는데, 시간이 많이 지났어도 기다리실 것 같아서 빈 차로 왔지요."

"왜 내가 기다릴 거라고 생각했어요?"

내가 물었다.

"얼굴을 보니 그렇게 생기셨어요. 의리 있게 생기셨다고요."

청년 기사가 웃으며 말했다.

'의리 있게 생겼다'는 말은 사실 '어수룩하고 융통성 없게 생겼다'를 예의 바르게 말한 것인지도 모르지만, 난 무조건 그가 고마웠다. 그리고 어떻든 무슨 상관이랴. 어수룩하든 똑똑하든, 속고 속이고 빚지고 빚 갚으며 서로서로 사슬 되어 사는 세상인데……. 얼었던 몸이 녹으면서 내 마음도 녹기 시작했다.

영어에 '한 개의 속임수는 천 개의 진실을 망친다'라는 격언이 있지만, 어쩌면 그 반대, '한 개의 진실은 천 개의 속임수를 구한다'가 더욱 맞는 말인지도 모른다. '속이지 않는 자'가 한 명만 있어도 '속이는 자' 천 명을 이길 수 있기 때문이다.

그런데 오늘 오후 집에 오는 길, 빨간불에 정차를 하고 있는데 바로 옆에 선 용달차의 운전자가 창문을 내렸다. 그는 고개를 쭉 빼고 나를 향해 창문을 내려 보라는 손짓을 했다. 길을 물어 보려는 줄 알고 창문을 내리니 그가 큰 소리로 말했다.

"아줌마, 굴비 좋아하죠?"

나의 불가사리

모 방송국에서 방영하는 〈세상에서 가장 아름다운 여행〉은 내가 될 수 있으면 빼놓지 않고 보는 TV 프로그램이다. 생활이 어려운 희귀병 아이들을 찾아가 그들의 일상을 취재해서 보여 주고, 난치병 어린이가 조금이라도 더 나은 질의 삶을 누리면서 살 수 있도록 치료비를 후원해 주며 교육과 상담을 연계해 주기도 한다.

이유 없이 뼈가 굳어져서 뒤틀어진 몸으로 서서히 찾아오는 죽음을 기다리는 소년이 있는가 하면, 꼼짝없이 누워서 개미가 물어뜯어도 눈만 깜박여야 하는 아이, 호르몬 이상으로 인한 기형으로 밥 한 끼 먹는 것조차 투쟁인 아이 등이 이 프로그램의 주인공들이다. 그 프로를 보다 보면 멀쩡히 앉아 TV 보고 있는 내가 미안해져서 그저 무심히 살아가는 나도 전화통을 들었다 놓았다 해가며 얼마 안 되는 돈을 후원하기도 한다.

일요일 밤늦게 방영되는 프로라서 거의 빠지지 않고 보지만, 지난 주에는 가족과 함께 어디 다녀오는 길에 차가 막히는 바람에 방송을 놓쳐 버렸다.

"나 〈세상에서 가장 아름다운 여행〉 봐야 하는데."

내가 시계를 보며 말했더니 동생 남편이 얼른 답했다.

"아, 그 희귀병 아이들 프로요? 그런 건 봐서 뭐 해요. 보면 가슴만 아프지."

"맞아, 어른도 아니고 아이들이 너무 안돼서 난 차라리 안 보는 게 낫던데. 그런 애들이 얼마나 많은데 달랑 그 애 하나 그렇게 도와준 다고 해서 뭐 맘 편한 것도 아니고……."

동생이 맞장구쳤다.

늘 남의 말을 들으면 줏대 없이 무조건 동의하고 보는 나는 문득 생각했다. 생각해 보니 맞는 말이었다. 사실 그런 애들이 수없이 많 을 텐데 감질나게 겨우 일주일에 한 명 도와준다고 해서 기본적으로 문제가 해결되는 것도 아니지 않은가. 이왕이면 대대적인 캠페인을 벌여서 여러 아이들에게 한꺼번에 혜택을 줄 수 있는 프로가 더 의미 있을 텐데 말이다.

그건 그렇고, 이번 주에도 검진을 받으러 병원에 갔다. 월요일 오전은 늘 환자들이 많게 마련이지만, 그날은 정말 '도떼기시장'이라는 표현으로도 모자랄 정도로 병원 안에 사람들이 바글바글했다. 극장 좌석처럼 빽빽이 놓인 의자는 물론 통로까지 환자들로 가득 차서 서 있을 자리조차 확보하기 어려울 지경이었다. 간호사들은 종종걸음을 했고 여기저기에서 한숨 소리, 불평 소리가 흘러나왔다.

한 시간가량 내 이름이 대기자 화면에 나오기를 기다리고 있는데 내 앞의 어느 아저씨가 간호사를 붙잡고 호통을 치기 시작했다.

"주치의 좋아하시네! 얼굴 본 지가 몇 달이고, 올 때마다 세미나다 출장이다 뭐다 해서 허구한 날 대진이고. 마산에서 올라와서 진료실 들어가 숨 두 번 쉬면 끝났다고 나가라는데, 그나마 의사 코빼기도 못 본 지가 몇 달이라고!"

딱히 다른 할 일도 없는 상황에서 모든 대기 환자의 눈길이 그에게 쏠렸다. 이 아저씨는 주변의 눈을 의식해서인지 더욱 목소리를 높이고 급기야 간호사의 멱살을 잡으려는 시늉까지 하는 등, 사태가 심각하게 발전하는 듯 보였다.

그때 어떤 아주머니가 서둘러 그 아저씨에게 다가갔고 아저씨는 반색하며 인사를 했다. 전에 아저씨와 아주머니 남편이 한 병실에 입원한 적이 있다는 것이었다. 그 아주머니가 아저씨를 달래면서 말했다.

"아저씨, 화내지 마세요. 건강에 안 좋아요. 병든 죄인이라잖아요. 섭섭해도 참으세요. 우린 우리 하나하나이지만, 의사에겐 그냥 무더기 환자잖아요."

 그 아주머니의 중재 때문이었는지, 아니면 제풀에 화가 풀렸는지 아저씨는 그냥 의자에 앉아 얌전히 자리를 지켰다. 그런데 난 그 아주머니 말이 참 인상 깊었다. 병든 죄인, 무더기 환자……. 의사에게 환자는 개개인이 아니라 '환자'라는 무더기 집합체인 것이다. 환자는 그냥 의사라는 업을 수행하는 대상일 뿐, 장영희, 김철수 등의 서로 다른 생각, 다른 마음을 가진 개개인이 아닌 것이다. 따지고 보면 그것은 나도 마찬가지이다. 내가 학생을 대하면서 이경순, 고서정, 김원민 등 개개인의 아픔, 고민, 마음을 헤아리기보다는 '학생'이라는 집합 개념의 추상적 그룹으로 묶기 때문이다. 나 역시 내가 업으로 하는 교수라는 직책에 더 초점을 둘 뿐, 그들이 하나하나 희로애락의 마음을 가진 개별적인 사람이라는 생각은 별로 하지 않는다.

 어디선가 읽은 일화가 생각난다.

 거센 폭풍우가 지나간 바닷가에 아침이 왔다. 어젯밤 폭풍우로 바다에서 밀려온 불가사리들이 백사장을 덮었다. 태양이 천천히 잿빛 구름을 뚫고 얼굴을 내밀기 시작했다. 한 남자가 해변을 걷고 있는데 열 살 정도의 어린 소년 하나가 무엇인가를 바다 쪽으로 계속 던지고 있었다. 남자가 다가가서 무엇을 하고 있느냐고 묻자 소년이 답했다.

 "이제 곧 해가 높이 뜨면 뜨거워지잖아요. 그럼 여기 있는 불가사리들이 모두 태양열에 죽게 될 테니까 하나씩 바닷속으로……."

남자는 크게 웃음을 터뜨리며 소년을 보고 말했다.

"애야, 이 해변을 봐라. 폭풍우로 밀려온 불가사리가 수를 셀 수 없을 정도로 이렇게 많은데 네가 하는 일이 무슨 도움이 되겠니?"

소년은 아닌 게 아니라 생각해 보니 그렇다는 듯, 잠시 하던 일을 멈추었다. 그러더니 문득 다시 불가사리 하나를 집어 힘껏 바다를 향해 던졌다. 불가사리는 첨벙 소리와 함께 시원스럽게 물속으로 들어갔다. 소년은 미소를 지으며 말했다.

"적어도 제가 방금 바닷속으로 던진 저 불가사리에게는 도움이 되었겠지요."

'무더기' 불가사리 중에서 요행히 그 소년이 바닷속으로 보내 준 그 불가사리는 생명을 건진 셈이다. 그리고 그런 불가사리가 하나씩 둘씩 모이면 결국 '무더기' 불가사리가 되는 것이다. 가난은 나라도 구제 못 한다는데 그깟 한 명 도와준다고 세상 달라질 것 있나 했던 생각은 '무더기 환자' 가운데 한 사람으로 '무더기 학생'들을 가르치며 살아가는 데 익숙한 내가 한, 참으로 알량한 생각이었다.

올해 내 계획은 주변의 '무더기' 사람들, '무더기' 학생들 중에서 한 명씩 끄집어내서 '나의 불가사리'로 만드는 일이다.

그리고 '무더기 환자'에서 벗어나는 것, 그것이 내 소망이다.

희망을 너무 크게 말했나

인터뷰를 할 때마다 질문자가 내게 빼놓지 않고 하는 질문이 있다. 신체장애, 암 투병 등을 극복하는 힘이 어디에서 나오는가이다. 그럴 때마다 난 참으로 난감하다. 그래서 그냥 본능의 힘이라고 말한다. 그것은 의지와 노력으로 가질 수 있는 힘이 아니라 내 안에서 절로 생기는 내공의 힘, 세상에서 제일 멋진 축복이라고, 난 그렇게 희망을 아주 크게 떠들었다. 여러분이여 희망을 가져라, 희망을 갖지 않는 것은 어리석다.

에피소드도 인용했다. 두 개의 독에 쥐 한 마리씩을 넣고 빛이 들어가지 않도록 밀봉한 후 한쪽 독에만 바늘구멍을 뚫는다. 똑같은 조건하에서, 완전히 깜깜한 독 안의 쥐는 1주일 만에 죽지만 한 줄기

빛이 새어 들어오는 독의 쥐는 2주일을 더 산다. 그 한 줄기 빛이 독 밖으로 나갈 수 있을지도 모른다는 희망이 되고, 희망의 힘이 생명까지 연장시킨 것이다.

대학교 2학년 때 읽은 헨리 제임스의 《미국인》이라는 책의 앞부분에는, 한 남자 인물을 소개하면서 '그는 나쁜 운명을 깨울까 봐 무서워 살금살금 걸었다'라고 표현한 문장이 있다. 나는 그때 마음을 정했다. 나쁜 운명을 깨울까 봐 살금살금 걷는다면 좋은 운명도 깨우지 못할 것 아닌가. 나쁜 운명, 좋은 운명 모조리 다 깨워 가며 저벅저벅 당당하게, 큰 걸음으로 걸으며 살 것이다, 라고.

아닌 게 아니라 내 발자국 소리는 10미터 밖에서도 사람들이 알아들을 정도로 크다. 낡은 목발에 쇠로 된 다리보조기까지, 정그렁 찌그덩 정그렁 찌그덩, 아무리 조용하게 걸으려 해도 그렇게 걸을 수 없다. 그래서 그런지 돌이켜 보면 내 삶은 요란한 발자국 소리에 좋은 운명, 나쁜 운명이 모조리 다 깨어나 마구 뒤섞인 혼동의 연속이었다. 하지만 인생은 새옹지마라고, 지금 생각해 보면 흑백을 가리듯 '좋은' 운명과 '나쁜' 운명을 가리기는 참 힘들다. 좋은 일이 나쁜 일로 이어지는가 하면 나쁜 일은 다시 좋은 일로 이어지고…… 끝없이 이어지는 운명행진곡 속에 나는 그래도 참 용감하고 의연하게 열심히 살아왔다.

그래도 분명 '나쁜 운명'으로 규정지을 수 있는 것은 아마 지난

2001년 내가 암에 걸린 일일 것이다. 방사선 치료로 완쾌 판정을 받았으나 2004년에 다시 척추로 전이, 거의 2년간 나는 어렵사리 항암 치료를 받았다. 그리고 2006년 5월, 중단했던 월간지 칼럼 '새벽 창가에서'로 나는 다시 돌아왔다. 그때 '살아온 기적, 살아갈 기적'이라는 글에서 썼듯이 나는 마치 아무 일 없었다는 듯, 3년 만에 '홀연히' 다시 나타난 것이다. 나는 그게 희망의 힘이라고 떠들었다. 내 병은 어쩌면 더 좋은 사람이 되어 가는 '아름다운' 경력일 거라고 쓰기도 했다. 췌장암에서 기적처럼 일어난 스티브 잡스를 흉내 내, 죽음에 대한 생각은 어쩌면 삶을 리모델링해서 더욱 의미 있고 깊이 있는 삶을 살 수 있게 하는 전제 조건일지 모른다고도 썼었다.

그리고 지금도 그에 대한 생각에는 추호도 변함이 없다. 돌이켜 보면 나는 나의 희망 이야기를 스스로 즐겼다. 미국 사람들은 좋은 일을 크게 말하면 공기 속에 떠다니는 나쁜 혼령이 시샘해서 훼방을 놓는다고 믿는다. 난 나쁜 혼령이 듣든 말든 아랑곳하지 않고 크게 떠들었다. 그런데 나는 암이 다시 척추에서 간으로 전이되었다는 진단을 받았다. 그래서 지금 난 다시 나의 싸움터, 병원으로 돌아와 있다. 살금살금 조심조심 삶의 눈치를 보며 살아야 했는데, 나는 저벅저벅 큰 발자국으로 소리 내며 걸었고, 그래서 다시 나쁜 운명이 깨어난 모양이다.

지난번보다 훨씬 강도 높은 항암제를 처음 맞는 날, 난 무서웠다.

'아드레마이신'이라는 정식 이름보다 '빨간약'이라는 이름으로 더 잘 알려진 항암제. 환자들이 빨간색을 보기만 해도 공포를 느끼고, 한 번 맞으면 눈물도 소변도, 하다못해 땀까지도 빨갛게 나온다는 독한 약. 온몸에 매캐한 화학물질 냄새와 함께 빨간약이 내 몸에 퍼져 갈 때, 최루탄을 맞은 듯 눈이 따가웠다.

그날 밤 문득 잠을 깼다. 갑자기 두려운 생각이 들었다. 옆 침대에서는 동생 둘이 간병인용 침대 하나에 비좁게 누워 잠이 들었고, 쌕쌕 숨 쉬는 소리가 들렸다. 가만히 누워 천장을 바라보았다. 밖에서 들어오는 희미한 불빛에 천장의 흐릿한 얼룩이 보였다. 비가 샌 자국인가 보다. 그런데 문득 그 얼룩이 미치도록 정겨웠다. 지저분한 얼룩마저도 정답고 아름다운 이 세상, 사랑하는 사람들의 숨소리를 들을 수 있는 이 세상을 결국 이렇게 떠나야 하는구나. 순간 나는 침대가 흔들린다고 느꼈다. 악착같이 침대 난간을 꼭 붙잡았다. 마치 누군가 이 지구에서 나를 밀어내듯. 어디 흔들어 보라지, 내가 떨어지나, 난 완강하게 버텼다.

이 세상에서 나는 그다지 잘나지도 또 못나지도 않은 평균적인 삶을 살았으니 무슨 일이 있어도 그다지 길지도 짧지도 않은 평균 수명은 채우고 가리라. 종족 보존의 의무도 못 지켜 닮은꼴 자식 하나도 남겨 두지 못했는데, 악착같이 장영희의 흔적을 더 남기고 가리라. '나중에 돈 많이 벌면 그때……' 생각하고 좋은 일 하나 못했는데 손톱만큼이라도 장영희가 기억될 수 있는 좋은 흔적 만들리라.

언젠가 어려운 처지에 있는 어느 학생이 내게 물었다.

"한 눈먼 소녀가 아주 작은 섬 꼭대기에 앉아서 비파를 켜면서 언젠가 배가 와서 구해 줄 것을 기다리고 있습니다. 그녀가 비파로 켜는 음악은 아름답고 낭만적인 희망의 노래입니다. 그런데 물이 자꾸 차올라 섬이 잠기고 급기야는 소녀가 앉아 있는 곳까지 와서 찰랑이고 있습니다. 그러나 앞이 보이지 않는 소녀는 자기가 어떤 운명에 처한 줄도 모르고 아름다운 노래만 계속 부르고 있습니다. 머지않아 그녀는 자기가 죽는 것조차 모르고 죽어 갈 것입니다. 이런 허망한 희망은 너무나 비참하지 않나요?"

그때 나는 대답했다. 아니, 비참하지 않다고. 밑져야 본전이라고. 희망의 노래를 부르든 안 부르든 어차피 물은 차오를 것이고, 그럴 바엔 노래를 부르는 게 낫다고. 갑자기 물때가 바뀌어 물이 빠질 수도 있고 소녀 머리 위로 지나가던 헬리콥터가 소녀를 구해 줄 수도 있다고. 그리고 희망의 힘이 생명을 연장시킬 수 있듯이 분명 희망은 운명도 뒤바꿀 수 있을 만큼 위대한 힘이라고.

그 말은 어쩌면 그 학생보다는 나를 향해 한 말인지도 모른다. 그래서 난 여전히 그 위대한 힘을 믿고 누가 뭐래도 희망을 크게 말하며 새봄을 기다린다.

살아온 기적
살아갈 기적

1판 1쇄 발행 2009년 5월 15일
2판 1쇄 발행 2019년 4월 15일
2판 16쇄 발행 2024년 10월 11일

지은이 장영희
그린이 정일
펴낸이 김성구

콘텐츠본부 고혁 김초록 이은주 류다경
디자인 이영민
마케팅부 송영우 김지희 김나연 강소희
제작 어찬
관리 안웅기

펴낸곳 (주)샘터사
등록 2001년 10월 15일 제1-2923호
주소 서울시 종로구 창경궁로35길 26 2층 (03076)
전화 1877-8941 팩스 02-3672-1873
이메일 book@isamtoh.com 홈페이지 www.isamtoh.com

ISBN 978-89-464-2101-1 03810

값은 뒤표지에 있습니다.
잘못 만들어진 책은 구입처에서 교환해 드립니다.